Découvrez l'histoire par les archives de presse

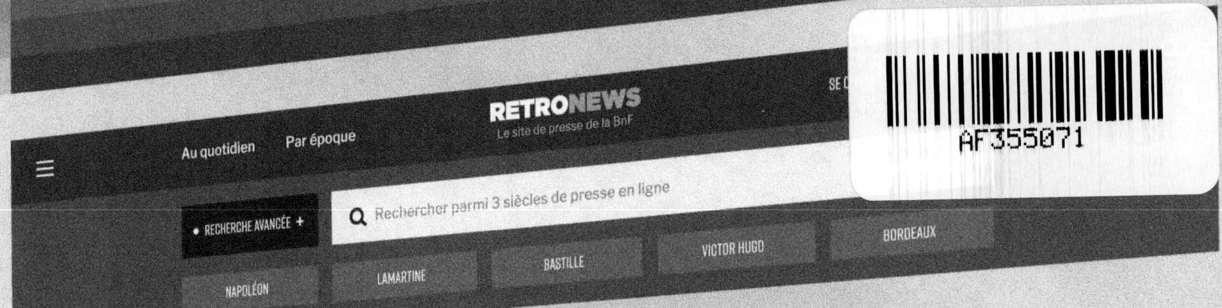

RETRONEWS

Le site de presse de la BnF

www.retronews.fr

PREMIÈRE ANNÉE. N° 2. 28 AVRIL 1892.

ABONNEMENTS { PARIS, DÉPARTEMENTS ET ÉTRANGER ..... 15 fr. par an.
{ Édition de luxe, sur papier de couleur ... 60 fr. —

LA REVUE LIBRE

LITTÉRAIRE, THÉATRALE ET ARTISTIQUE

Paraissant le 13 et le 28 de chaque Mois

Directeur : GABRIEL MARTIN

SOMMAIRE

		Pages
Jean RICHEPIN....	*Notes sur l'Art*..............	35
Louis GAILLARD..	*Le Camp des Moyettes* (poésie)	39
Gabriel MARTIN...	*Soir de Printemps* (poésie)....	41
Jacques NARGAUD.	*Les Livres*.................	43
Ubald LACAZE....	*Les Théâtres*................	48
Louis GAILLARD..	*Les Beaux-Arts*.............	55
	Glanages..................	59

BUREAUX A PARIS

73, Boulevard de Clichy, 73

LE NUMÉRO : 60 CENTIMES

DÉPÔT LÉGAL
1892

Eau, Poudre et Pâte Dentifrices

DU

Docteur PIERRE

En vente chez tous les DROGUISTES, PHARMACIENS, PARFUMEURS, COIFFEURS

Dépôt général :

8, Place de l'Opéra, 8

PARIS

LIBRAIRIE DES BIBLIOPHILES

G. PELLET

9, quai Voltaire, à PARIS

Éditions princeps, éditions originales, Reliures anciennes d'amateurs.

Gravures et Eaux-fortes de Rops, de Willette, de L. Legrand, etc.

DEMANDEZ LE CATALOGUE QUI EST ENVOYÉ FRANCO

PEPSINE-CHAMPAGNE

Le meilleur digestif, indispensable pour toute personne atteinte de *dyspepsie, crampes d'estomac, gastralgie* et *atonie des voies digestives*

PRÉPARÉ PAR

A. VICARIO

Licencié ès Sciences
Lauréat de l'Ecole de Pharmacie de Paris

Pharmacien du THÉATRE-FRANÇAIS de l'OPÉRA-COMIQUE du Théâtre des NOUVEAUTÉS du Théâtre des FOLIES-DRAMATIQUES, etc.

13, Boulevard Haussmann

(PRÈS LA RUE TAITBOUT)

PARIS

LA REVUE LIBRE

Directeur : Gabriel MARTIN

Première Année.   N° 2.   28 Avril 1892.

NOTES SUR L'ART [1]

Si épris qu'il soit de son art, quelque confiance
qu'il y ait, quelque maîtrise qu'il apporte à le prati-
quer, tout artiste sérieux en constate vite l'impuissance. Cette réalité vivante des choses, qu'il capture
dans un filet ayant pour mailles toutes ses sensations
à la fois, il est obligé de la traduire par des moyens
d'expression ne satisfaisant jamais tous les sens. Ainsi
l'illusion qu'il cherche à donner ne saurait être complète. Seuls, les mots, par une sorte d'évocation

---

(1) Ces notes sur l'Art ont été écrites par le Maître pour
servir de préface aux poésies, *Paysageries*, qui accompagnent
chacune des aquarelles que notre collaborateur et ami, Louis
Gaillard, expose à la Galerie Francfort, rue Le Peletier.

8° Z
3959

magique, arrivent à un semblant de synthèse. Mais n'étant rien, en somme, qu'une algèbre, ils changent les existences concrètes en abstraites figurations et n'évoquent donc que des spectres.

C'est pourquoi tant d'artistes ont rêvé cette folle et absurde chimère d'un art en quoi se fondraient tous les arts, et qui serait en même temps poésie, musique, peinture, sculpture, voire parfumerie et cuisine, sans compter déclamation et mimique, et danse, et plusieurs autres choses encore. Le rêve, après tout, n'est peut-être pas si fou ni si absurde qu'il semble ! Seulement, cet art-là, ce ne serait plus de l'art, mais bien la vie elle-même créée à nouveau. Laissons à Faust l'espoir de cet Homunculus !

Moins ambitieux en théorie, mais plus en pratique, sont les artistes qui, constatant l'impuissance de leur art en particulier, essayent d'y remédier par l'étude et l'exercice d'un autre art.

La merveilleuse Renaissance en a produit de ces vaillants, et beaucoup, dont le prototype est resté le divin Léonard. Notre temps n'en manque pas non plus. Et c'est le signe d'une belle floraison intellectuelle, que cette éclosion de cerveaux à plusieurs greffes poussant des bourgeons de fruits différents.

Mais il faut bien le dire, les bourgeons ainsi obtenus sont dus souvent à des greffes, en effet, et l'on y sent trop l'effort, le voulu. Combien plus intéressants, lorsque la germination double est venue d'elle-même, naïvement, inconsciemment, par la montée naturelle d'une sève en courants jumeaux !

Or, tel est le cas pour Louis Gaillard, à la fois poète et peintre, sans parti pris, sans désir d'étonner, sans curiosité du tour de force, sans la moindre prétention, mais d'un mouvement instinctif, en pleine et absolue sincérité. Car les deux métiers, il les a appris tout seul, au hasard du besoin qu'il éprouvait d'interpréter ses sensations, et en les interprétant de son mieux, tantôt par des couleurs, tantôt par des vocables.

De là, très souvent, un singulier bonheur d'interprétation. Le même bout de champ, coin de bois, fil de ruisseau, pan de ciel, suscite une aquarelle en vers et un poème peint. On ne sait trop si les rimes ont fleuri au bout du pinceau ou si c'est la plume qui a posé les papillons lumineux des teintes. Les deux arts vraiment n'en font plus qu'un.

Il arrive aussi que le paysage et le poème semblent n'avoir aucun rapport immédiat. Ce que le verbe chantant a noté, sous la figure fixée des choses, c'est quelque subtile et lointaine rêverie, en harmonique correspondance. Et alors s'éveille, avec l'évocation matérielle et picturale, comme la musique intime du lieu, du moment, de la pensée voguant à la dérive, tandis que l'œil regarde. Ce n'est plus maintenant deux arts, mais trois fondus en un.

Ou plutôt, c'est presque l'absence d'art, et il

semble qu'on assiste à l'épanouissement lui-même de la sensation. La blanche lumière de la vie, décomposée aux facettes des cinq sens, se recompose, en sortant de ce prisme, et retrouve aussitôt tous ses rayons réunis et synthétisés en ce faisceau de blanche lumière, devenue seulement un peu moins consistante, un peu plus vaporeuse, à cause de la brume qu'y mêle la songerie.

Voilà bien philosophailler, beaucoup trop gravement sans doute, à propos de ces pages légères et charmantes ; et mieux eût valu les présenter en disant, pour tout préambule :

— Regardez, lisez, régalez-vous !

Bah ! ce sont là, en somme, fleurs des champs ; et aux bouquets faits de telles fleurs, on met comme lien une tresse de jonc rude. Dénouez et jetez ce lien, qui est ma préface, et joyeusement éparpillez les fleurs, pleines de rosée, de miel et de soleil ! Je vous promets joli butin pour les abeilles de vos yeux.

Jean RICHEPIN.

LE CAMP DES MOYETTES

Saphir, chrysobéril, jaspe, agate, rubis !
Sur les chaumes le camp des moyettes ruisselle,
Dressant sous le ciel bleu d'innombrables gourbis.

Sous le toit des épis chaque tente recèle
Un robuste escadron des chevaliers du Blé
Attendant l'heure où sonnera le boute-selle.

Chevaliers valeureux qui jamais n'ont tremblé
Pour courir sans souci la route vagabonde
Qui les mène au-devant d'un mortel défilé.

Mystiques chevaliers à la cuirasse blonde,
Ils vont, portant le glaive d'or du séraphin,
Donner le pain quotidien au pauvre monde.

Combattants de la Mort et vainqueurs de la Faim,
Chevaliers ignorant leurs destins éphémères,
Ils vont, luttant toujours, sans repos et sans fin,

Mettant aux yeux battus par de vagues chimères
Le clair rayon d'azur de leurs rêves sereins.
— Le lait de leur gluten gonfle le sein des mères —

O chevaliers ! Dans la vie âpre, usant les reins,
Fondant les cœurs loyaux en sa cuve de soufre
Comme une meule de moulin broyant les grains,

Que serez-vous dans les ténèbres de ce gouffre ?
Sur ce limon final où chacun va gésir,
Vous serez la chair, pauvre chair, la chair qui souffre.

Par les soirs fastueux, esclave du désir,
Courtisane parée en des robes soyeuses,
Vous serez la chair, pauvre chair, chair à plaisir.

Exclue à tout jamais des fêtes merveilleuses,
Vous vous verrez pâlir, défleurir et mûrir
Au rythme chevrotant des vieillesses railleuses.

Il vous faudra, des nuits, à tout venant offrir
Les vulgaires déchets de vos antiques charmes :
Vous serez la chair, pauvre chair, chair à flétrir.

Le temps viendra rouiller le blason de vos armes,
Et vous irez croupir en de noirs cabanons
Sans pouvoir vous noyer dans le flot de vos larmes.

Aux rauques ronflements d'enroués tympanons,
Dans la folle fureur des sanglantes mêlées,
Vous serez la chair, pauvre chair, chair à canons.

Or, nul ami. De vos amantes esseulées
Nulle à votre chevet ne dit en sanglotant
Le banal chapelet des amours exilées.

— La femme au corps sacré dont l'âme est à Satan
Laisse un relent subtil d'idéales verveines
Qu'on voudrait oublier, mais qu'on aime pourtant, —

Malgré l'appel déiste et ses prières vaines,
Tu seras la chair, pauvre chair, chair à mourir !
Beau chevalier du Blé qui chevauche en mes veines.

Louis GAILLARD.

Les Chants Fantaisistes

SOIR DE PRINTEMPS

A l'adorablement belle Elisita d'Angles.

Douce! Faut-il t'aimer, te chanter tour à tour ?
De suite j'obéis. — Ah! qu'obéir me flatte! —
    Mais ne ris pas de mon amour ;
    Ne te montre jamais ingrate.

... Ensemble élevons-nous, unissant nos esprits ;
Partons avidement vers l'idéal céleste.
    Lorsque nos cœurs auront compris
    Cette ardeur qui se manifeste

Dans les voluptueux et longs enchantements ;
Cette ardeur que le plus pur, le plus exquis rêve
    Ne peut révéler aux amants :
    Sans fin, sans fatigue, sans trêve,

Nous goûterons alors notre félicité.
A l'horizon, pour mieux faire éclater nos âmes,
    Le bonheur longtemps souhaité
    Se dessinera dans les flammes.

Ta beauté jettera d'étincelants reflets,
Que pour moi, trop jaloux égoïste, tu voiles,
     Quand nous serons dans ce palais
     Au parc tout ensemé d'étoiles.

Volons vers cet éden où l'on vit sans témoin,
Délaissant les soucis, les plaintes importunes.
     Nos frères, nos sœurs seront loin?
     Combien plus loin leurs infortunes !

Le désir nous emporte au bonheur immortel :
Suivons-le, bienheureux, sans hésiter encore.
     Dirons-nous qu'il manque un autel,
     Dans ce séjour, pour prier Flore ?

Non ;_puisque, nous baisant quand nos bras épuisés
Ne nous enlaceront plus l'un et l'autre, esclaves,
     Nous baptiserons nos baisers
     De noms des fleurs les plus suaves.

Et si nous rencontrons Vénus devant nos pas,
Oh! pleure! Car tout pleure, et les pleurs ont leurs charmes.
     — La nuit ne donne-t-elle pas
     Sa rosée en guise de larmes ! —

Oui, pleure !... mais brille en face de son flambeau.
Pâris, qui fit ce don à sa grâce coquette,
     A toi t'en décerne un plus beau :
     Faire aimer, chanter le poète !

GABRIEL MARTIN.

Paris, 28 mars 1892.

LA QUINZAINE ARTISTIQUE

LES LIVRES

I. — **Théâtre Contemporain** (1870-1883). — Nouvelle
série, par J. Barbey d'Aurevilly. — *Tresse et Stock,
éditeurs.*

Ce volume est fait d'une trentaine de feuilletons
dramatiques de J. Barbey d'Aurevilly; on n'attend donc
pas que je critique ici le *Théâtre Contemporain*. Mais
pour en parler seulement, je voudrais que ma plume fût
d'or et que je pusse la tremper dans de l'encre de feu !
Hélas !

Les bêlants moutons de Panurge qui, hebdomadaire-
ment, avalent à auge pleine l'enseignement dramatique
de M. Sarcey, feront bien de ne pas ouvrir ce livre. Ces
perles, cette couronne de perles, ils ne sont pas dignes
d'y mettre le groin, — mais que ceux qui sont épris de
vérité, — qui ne dédaignent pas la vérité parce qu'elle est
drapée des plus lumineuses étoffes, — viennent à lui ;
ils l'y trouveront à souhait !

C'est l'un des tours de force, non le moindre, de ce rare
écrivain, — qui pétrit à nouveau et définitivement tout
ce qu'il touche, — d'avoir *démomifié* la critique, de l'avoir
dépouillée des bandelettes de glace qui l'enserraient, pour
jeter sur ses épaules un manteau de pourpre impériale. Et
il se trouve que ces feuilletons, écrits de semaine en

semaine, sans suite apparente, mais se tenant cependant comme les anneaux d'une même chaîne d'or, sont, de par la magie du style, des œuvres plus durables que leur objet et plus dignes que les pièces qu'ils déchirent à belles dents, — d'aborder aux époques lointaines !

Le sceptre de la Critique, entre les mains de Barbey d'Aurevilly, est surtout une cravache, dont il cingle de droite et de gauche, ici, la platitude, là, la goujaterie, mais cette cravache a des éclairs de glaive et elle est tout de même un sceptre !

On devine, sous ces feuilletons, quel dégoût procurait à d'Aurevilly le théâtre de ce temps, denué d'imagination, dénué de vie, dénué de tout, et que de fois ce dégoût tourne à la nausée ! Un jour qu'il n'a pas le moindre fifrelin de pièce à se mettre sous la dent, il tâte le pouls de l'Art agonisant du théâtre et voici son diagnostic :

« Comme la civilisation, ce serpent qui se mord la queue et qui se meurt de sa morsure, l'Art dramatique meurt aussi en mordant la sienne... Chez le peuple de décadence et de matérialisme que nous sommes, l'Art dramatique décadent et matérialiste se recourbe jusqu'à son origine, comme le vieillard qui se voûte se rapproche de ses pieds... Il est parti du tréteau pour passer éclatant, droit et les ailes du génie déployées, dans un certain nombre de chefs-d'œuvre. Mais avec nos revues d'aujourd'hui, nos pièces à trucs et à décors, l'Art dramatique est maintenant aussi physique et enfantin, dans notre civilisation compliquée, que le Char de Thespis *barbouillé de lie* dans un état de civilisation simple comme l'enfance d'une société, et c'est ainsi que le théâtre, qui a commencé par le tréteau, finit platement par le tréteau. »

La pétulance de Barbey d'Aurevilly nous ravit. Celui que quelque part Paul Bourget appelle le *Vieux Reître*, a toujours vingt ans et c'est avec la fougue de la vingtième année qu'il pousse l'attaque ou fait bravo. Qu'il critique ou qu'il loue, il n'est jamais froid ; il met dans le blâme et dans l'éloge le même enthousiasme communicatif. Ses feuilletons sont comme des tapis de triomphe du tissu le plus exquis qu'il met sous les pieds de quelques-uns ; ou bien ce sont de redoutables massues dont il assomme les autres — d'un tel coup qu'ils ne s'en relèvent guère.

Devant les succès d'argent obtenus depuis par quelques dramaturges de cette deuxième catégorie des crossés, on dira peut-être que ceux que d'Aurevilly a tués se portent assez bien ? Hé non ! *ses* morts sont bien morts à l'Avenir qui, pour les Artistes, constitue seul la vie — et s'ils vivent encore dans cent ans, ce ne sera plus par leurs œuvres, dont ils sont vainement orgueilleux, ce sera par la critique de leurs œuvres qui, lorsqu'elle est brandie par d'Aurevilly, a la puissance de la foudre et son tonnerre !

Le Vieux Maître qui a vu sur les planches des comédiens tels que Monrose et Mlle Mars, Rachel et Bressant ; qui a son œil d'aigle hanté par cette vision, ne peut souvent s'empêcher de les évoquer devant les cabotins du temps présent, si prétentieux et si *tirés par les cheveux* — et pourtant de quelles fleurs il sait les couvrir, ces batteurs de tréteaux, quand ils en valent la peine ! Car il ne faut pas s'y tromper, d'Aurevilly n'est pas le *critique quand même* qu'on s'imagine sur la foi des légendes — et le jour où il est empoigné, pris au cœur, avec quel bonheur il le crie !

Le **Théâtre Contemporain** a sa place marquée sur le rayon des bibliothèques, à la suite des autres œuvres critiques de Barbey d'Aurevilly, et il ne jurera point à côté d'elles. Le grand Mort s'y retrouve tout entier, puissant ironiste, styliste puissant. La phrase *d'Aurevillyenne* — pourquoi ne pas l'appeler par son nom puisqu'elle lui appartient? — se déroule, ici aussi, avec la grâce étincelante d'un serpent aux écailles de métal tigrées de pierres précieuses qui se tordrait sur le brasier ardent qu'est l'âme de d'Aurevilly...

L'heureuse idée qu'on a eue de sauver ces trente feuilletons, de les réunir en volume, seule chance qu'ils avaient d'échapper au néant! Et ainsi s'augmente d'une nouvelle œuvre le monument solide comme un triple airain que s'est élevé à lui-même Barbey d'Aurevilly; c'est comme une fleur que des mains pieuses viennent de déposer sur son tombeau, mais celle-ci ne doit plus faner, car elle a fleuri au soleil du Feu sacré, qui donne l'Immortalité à ce qu'il brûle!

II. — **Paysageries**, aquarelles littéraires, préface de Jean Richepin, par **M.** Louis Gaillard. — *Albert Lévi, éditeur*.

Après la maîtresse préface de Jean Richepin dont se cocarde ce petit livre et que nous avons la bonne fortune de donner en tête du présent numéro, je suis bien embarrassé vraiment pour parler des **Paysageries**. Qu'en dirais-je qui n'aurait été dit déjà et mieux, certes, que je ne le saurais faire moi-même, — par le préfacier ? Mais, de mon coin, je puis applaudir au poète-peintre et rien ne me force à me priver de ce plaisir. Et c'en est un pour moi parce que M. Louis Gaillard est jeune et qu'il est à l'âge où l'on a encore plus besoin — en cette fichue carrière de l'Art ! — d'encouragement que de conseils ; parce qu'il est brave et ose essayer. Et aussi bien quand il ne serait pas tout cela, il a à son pinceau un joli brin de plume, le gaillard ! — qui vaut qu'on s'arrête à ses vers comme les amateurs de sincérité dans la sensation et dans l'expression de la sensation se sont arrêtés à ses aquarelles.

M. Louis Gaillard a une supériorité énorme à mon sens, et c'est d'être, comme le note excellemment Richepin, « à » la fois poète et peintre sans parti pris, sans désir d'éton- » ner, sans curiosité du tour de force, sans la moindre » prétention, mais d'un mouvement instinctif, en pleine » et absolue sincérité ». Il ne procède d'aucune école ; il n'est le fils soumis et obéissant d'aucune papauté littéraire. Et il écrit, comme il peint, selon son cœur, au petit bon- heur de l'inspiration. Et comme il est amoureux en diable de ses deux métiers, il arrive qu'il le rencontre parfois, le petit bonheur.

Les chicaneurs pourront, de ci de là, dans **Paysageries**, mettre le doigt sur un vers naïvement chevillé, une rime trop peu rare, trop peu byzantine. Tant pis pour eux ! Je préfère, moi, me laisser aller à l'ivresse du poète, tour à tour amoureusement caressante comme dans la *Rivière câline*, douloureuse jusqu'à l'angoisse comme dans ce *Camp des Moyettes*, qui est digne des meilleurs et fait souhaiter que le peintre, qui est en M. Louis Gaillard, ne tue pas en lui le poète, qui y est aussi !

Jacques NARGAUD.

LES THÉATRES

Variétés. — *Brevet supérieur*, comédie en trois actes, par M. Henri Meilhac.

Vaudeville. — *Le Nid d'autrui*, comédie en trois actes, de M. Lecorbeiller.

Renaissance. — *La Femme de Narcisse*, opérette en trois actes, de M. Fabrice Carré, musique de M. Louis Varney.

Châtelet. — Reprise des *Enfants du Capitaine Grant*, drame-féerie à grand spectacle en cinq actes et douze tableaux, de MM. d'Ennery et Jules Verne.

Bouffes-Parisiens. — *Eros*, fantaisie lyrique en trois actes, de MM. Noriac et Jaime, musique de M. Paul Vidal.

Palais-Royal. — *Monsieur chasse!* comédie en trois actes, de M. Georges Feydeau.

M. Henri Meilhac, une fois de plus, a fait montre, dans *Brevet supérieur*, d'un esprit fin, délicat, et parfois éblouissant. Ses situations les plus fantaisistes laissent toujours percer des mots observés, raffinés et précis. Pour n'être pas sa meilleure pièce, *Brevet supérieur* n'en est pas moins une œuvre amusante et gaie qui tiendra probablement longtemps l'affiche.

Mlle Cécile Leguerrouic est une jeune personne qui prépare son examen au brevet supérieur. Elle est la fille d'un relieur, et son imagination vagabonde ne laisse pas de la faire souffrir de sa petite origine bourgeoise. Cécile est très préoccupée de l'issue de son examen, et travaille avec acharnement ; le moindre mot évoque en elle un souvenir classique, elle répond à tout comme si elle se trouvait devant ses juges.

Si préoccupée qu'elle soit cependant, elle n'est pas sans s'être laissé toucher par les soins attentifs et amoureux à la fois, du jeune Albert, l'apprenti de son père, qui ne néglige aucune occasion de lui parler de son amour, mais sans jamais prononcer le mot de mariage. Cécile permet bien qu'on l'embrasse dans les coins de temps en temps, mais n'entend se donner qu'en mariage seulement.

Albert est un jeune homme aux manières polies, aisées et qui a de la conversation, son éducation semble être au-dessus de sa situation sociale.

Dans la maison qu'habite le relieur, se trouve une ancienne cascadeuse, Mme Bourgarel, décorée des palmes académiques pour un ouvrage intitulé *l'Histoire de la couture*. Mme Bourgarel donne des soirées dont Cécile est le plus bel ornement et où la jeune fille dit des vers et touche du piano.

Un provincial, **M.** Montcrampin, examinateur, arrive à Paris pour faire passer les examens au brevet supérieur, et assiste à la soirée de Mme Bourgarel. Il raconte que sa femme l'a trompé avec un professeur de mathématiques, examinateur lui aussi, et ancien amant de Mme Bourgarel. Montcrampin reconnaît Albert, un de ses anciens élèves, qui est le comte de la Richardière, possesseur de quatre cent mille francs de rente, et apprenti du relieur dans le seul but de triompher de la vertu de sa fille. Montcrampin, déjà ému par les charmes de Cécile, déclare à son ancien disciple que s'il ne se dévoile pas immédiatement, lui se chargera de cette mission. Puis il consent à reculer ses révélations.

Une amie de Cécile, Esther de Nucingen, fille d'un riche banquier, candidate aussi au fameux brevet, vient voir son amie dans la boutique paternelle, reconnaît Albert et lui demande ce qu'il fait là.

Cécile, furieuse d'avoir été trompée, chasse l'apprenti relieur qui revient une heure après et explique à la fille de son patron qu'il l'aime d'un amour sincère, et que si l'inégalité de leurs situations respectives l'empêche de songer au mariage, il est une situation analogue, celle de la maîtresse aimée, respectée, entourée d'un luxe indispensable à l'amour. Il fait un délicieux tableau de la vie commune, opulente, qu'elle aura si elle veut.

Cécile refuse toutes les propositions de la Richardière, lui montre qu'elle l'aime, mais résiste avec d'autant plus de courage, et « le diable l'emporte si elle sait pourquoi ».

Montcrampin, Frangipan et Mme Bourgarel interrogent Cécile à l'Hôtel-de-Ville en présence d'Albert qui est dans le public.

L'examen est satisfaisant, mais la vue d'Albert trouble la jeune fille à un tel point qu'elle tombe dans ses bras, et il est trop heureux de l'épouser. Tel est le sujet de cette comédie.

L'interprétation est digne de tous les éloges.

Mlle Réjane s'y montre la délicieuse comédienne qu'on connaît, sous les traits de Cécile.

M. Baron est parfait dans le rôle de Montcrampin. M. Lassouche est un divertissant mathématicien. M. Cooper (Albert) s'acquitte fort bien de sa tâche difficile et Mme Mathilde est une Mme Bourgarel très amusante.

M. Lecorbeiller a pris une thèse déjà traitée par beaucoup d'auteurs, qui ménage de grandes situations dramatiques, et s'est tiré avec honneur d'un sujet quelque peu rebattu et vieillot.

Mlle Blanche Darnay a vécu avec sa mère éloignée du général Darnay, séparé de sa femme. Blanche est la fille de M. de Naresse, amant de sa mère, et qui va épouser, après le divorce, Mme Darnay. Le général croit que Blanche est son enfant, l'adore, et la jeune fille lui rend d'autant mieux son amour qu'elle s'aperçoit que M. de Naresse est la cause qui la tient éloignée de celui qu'elle croit son père.

Naresse, qui sait tout, aime sa fille éperdument, et projette de la marier à son neveu Georges. Les deux jeunes gens s'aiment, mais le général s'oppose à leur union. Blanche, en fille respectueuse, préfère renoncer à son amour que de faire des sommations à son père. Puis, tout s'arrange, elle épouse Georges et M. de Naresse prend le parti héroïque de s'en aller.

A part quelques scènes un peu embrouillées, l'on trouve dans cette pièce de la vigueur, de l'observation et de l'émotion que l'auteur parvient à communiquer à son auditoire.

L'interprétation est bonne. M. Dieudonné (Darnay), M. Caudé (M. de Naresse).

Mme Antonine (Mme Darnay) et Mlle Thomsen, peut-être un peu trop sentimentale dans le rôle de Blanche.

Occupons-nous d'abord du livret avant de songer à la partition de la *Femme de Narcisse*.

Narcisse est amoureux d'une de ses ouvrières, Palmyre, mais une autre de ses ouvrières, Estelle, l'épouse.

Il manque de voix pour chanter le duo d'amour de sa première nuit de noces, et sa jeune femme, outrageusement délaissée, se fâche et rentre chez sa tante. Narcisse finit par aimer sa femme et, comme il arrive d'ordinaire, devient amoureux d'elle au moment où celle-ci commence à se fâcher.

Finalement, tous deux s'accordent et l'histoire ne va pas jusqu'à nous dire s'ils eurent beaucoup d'enfants.

Sur ce livret, M. Varney a écrit une délicieuse partition dont Mme Simon-Girard détaille la plus grande partie.

Mme Simon Girard (Estelle) possède une voix sonore, fraîche et assez forte pour les rôles auxquels elle se consacre. C'est peut-être la seule diva capable de chanter l'opérette d'une façon agréable. Mlle Diary donne du relief au rôle de Palmyre. Il convient de féliciter également MM. Simon-Girard, Regnaud et Bernard.

La reprise des *Enfants du Capitaine Grant* a permis au directeur du Châtelet de faire de nouveaux prodiges de mise en scène. Il serait superflu de faire ici une analyse détaillée de cette pièce, nul n'ignore le roman de Jules Verne dont on a tiré le meilleur parti.

M. Floury a fait des merveilles. Signalons les tableaux du *Naufrage*, du *Tremblement de Terre*, les *Fêtes du Soleil*, qui ont occasionné un grand luxe de décors et de costumes. Les interprètes se sont surpassés et complimentons Mmes Leriche, Avocat, Haussmann, Miroir ; MM. Taillade, Francès, Montal et Rosny.

Eros est, sur terre, la terreur des vieux maris qui le font prisonnier, le chassent, et finalement le rappellent, car rien n'est ennuyeux comme de vivre sans amour. Telle est la donnée de ce livret qui n'est ni d'une gaîté folle, ni d'une allure vive. Il nous est arrivé d'assister à des spectacles languissants, insipides, mais rarement nous avons eu l'ennui de voir traiter aussi mollement un sujet aussi vieux.

M. Vidal a eu le courage d'écrire sur ce livret une musique la plupart du temps délicieuse. Mais est-ce bien de la musique appropriée à un livret qui veut passer pour fantaisiste ? La partition est d'une écriture fine, délicate et abondante. Nous n'attendions pas moins de M. Vidal.

Mlle Blanche Marie est une charmante Fidelia, à la voix claire et docile. Elle a su tirer parti de ce rôle et nous espérons que cette création lui comptera. Mlle Barvyl a beaucoup de progrès à faire. Citons encore Mme Clément et Mlle Théry, une bouche fort appétissante.

MM. Maugé, Lamy et Désiré s'acquittent bien de leur tâche.

Cette comédie est un vaudeville, mais un vaudeville fort divertissant et digne du Palais-Royal. On va au Palais-Royal pour rire à ventre déboutonné, pour rire pour rire, et sans chercher à savoir pourquoi. On veut se distraire gaîment sans être obligé de s'intéresser à l'action qui se déroule. Or, *Monsieur chasse* est bien une pièce du Palais-Royal. L'auteur a fait preuve de beaucoup de métier, car sa pièce est fort bien faite ; d'esprit et d'entrain et de beaucoup d'ingéniosité. Si l'observation manque, le paradoxe triomphe, et les situations sont toujours fausses, mais amusantes.

Mme Léontine Duchatel aime son mari, mais s'est juré de se venger si jamais son mari la trompait. Or, Duchatel trompe sa femme avec une madame Cassagne, séparée de son mari, un ami de Duchatel. Duchatel n'a pas vu depuis longtemps son ami Cassagne, il ignore que Mme Cassagne est sa maîtresse, et raconte à sa femme, pour cacher ses fredaines, qu'il va à la chasse chez Cassagne.

Moricet, ami de Duchatel, fait une cour assidue à Mme Duchatel, mais sans résultat. Duchatel part à la chasse, et quelques instants après son départ, Cassagne arrive et apprend à Mme Duchatel qu'il n'a jamais chassé de sa vie. Léontine, furieuse, écrit à Moricet qu'elle consent à l'aller voir dans son appartement de garçon.

Au second acte, l'action se passe dans une maison où Moricet reçoit Mme Duchatel, où Mme Cassagne reçoit également Duchatel, et où le jeune neveu de Duchatel va voir une cocotte, Mlle Urbaine des Voitures. Après des quiproquos sans nombre, Moricet est arrêté par le commissaire de police requis par Cassagne afin de surprendre sa femme, maîtresse de Duchatel, en flagrant délit d'adultère.

Pendant cette nuit orageuse, Mme Duchatel est restée pure et a acquis la preuve de la culpabilité de son mari. Ce dernier accumule mensonges sur mensonges pour se tirer d'embarras, mais n'y parvient pas. Duchatel finit par tout avouer et jure de ne plus recommencer. Sa femme consent à tout lui pardonner.

La jolie Mlle Cerny joue fort bien le rôle de Léontine

Duchatel. MM. Saint-Germain, Raimond, Luguet et Deschamps sont très amusants.

Le public a beaucoup ri et n'a pas marchandé les applaudissements. La pièce a réussi et nous lui prédisons un gros, gros succès, très mérité du reste.

UBALD LACAZE.

LES BEAUX-ARTS

Quatrième Exposition des Peintres-Graveurs, chez Durand-Ruel. — Union libérale d'Artistes français au Palais des Arts libéraux. — Exposition de Photographie et des Arts qui s'y attachent. — Avenue Rapp.

L'Exposition des peintres-graveurs n'est guère faite pour intéresser. Elle ne justifie qu'à peu près son titre ; et, seuls, deux ou trois artistes, vrais artistes, sont là pour éveiller la curiosité d'un public que blasent l'effréné déballage de nullités encombrantes. Une pitié me vient de voir, à côté des atroces décolletages de M. Henry Detouche, des inseuséismes ridicules de M. Odilon Redon qui tiennent une bien grande place, des *états*, tristes *états* de M. Daumont, la série remarquable des bois en couleurs d'Henri Rivière, qui sont d'un japonisme francisé très délectable. Voilà la véritable sensation d'Art ! cette impression fugace de la nature synthétisée sans recherche, fixée comme en rêve, cependant juste comme la réalité. Quelle belle mélancolie dans l'*Heure du pain à la Ville-Hue !* Quelle jolie tache, très fraîche, que cet *Enterrement à Trestraon !* Est-ce assez simple ! Un trait, un ton, rien de plus, tout y est. Et le *Chantier de la Tour Eiffel*, très coloré, curieux de lignes et de nuances. La Tour, mastodonte gênant, n'aurait-elle servi qu'à cela, qu'il faudrait en remercier M. Eiffel. Les œuvres d'Henri Rivière seront recherchées plus tard à l'égal des pages d'Outamaro, le peintre des maisons vertes, et d'Hokusaï, le génial paysagiste.

Les œuvres en couleurs de M. Ch. Maurin sont intéressantes et originales au même titre que les images d'Epinal qu'elles rappellent un peu trop. Mais le dessin en est si sûr qu'on peut lui passer cette petite erreur de coloris. Norbert Gœneutte a donné un portrait finement spirituel de M. A. Lacroix, l'aimable directeur du *Magazine français*. Très à voir les bois de Paillard, un peintre de talent doublé d'un habile et personnel graveur. Gaston Latouche a exposé une chose exquise, une peinture : l'*Enfant à sa toilette*, et quelques pointes sèches idéistes fort bien venues : l'*Homme qui dort, la Femme assassinée*. Inutile de rappeler une fois de plus toute la grâce et le charme merveilleux des gouaches de Jules Chéret, les amusantes observations lithographiques de Forain, les ingéniosités de Henri Guérard. N'oublions pas de noter tout particulièrement les bois de Lepère, le graveur si spécial des *Environs de Paris*, qui sait rendre tout le tourmenté des ciels orageux. Lepère est aussi un peintre à la palette chaude et lumineuse.

Une chose qui, profondément, m'a peiné dans cette exposition, ce sont les essais de littérature de Besnard, ce peintre de génie qui, là, s'est égaré dans une recherche symbolique de la Femme, intitulée *Joies et Misères*. Au point de vue idéal, cette série d'eaux-fortes n'est qu'un vulgaire alambiquage suggéré par des lectures de Baudelaire et de Rollinat. Il oublie dans cette histoire graphique de la femme, le côté divin, le côté Watteau, depuis les *bouquets* du marquis de Boufflers jusqu'aux alexandrins de Chénier, sans oublier les érotiques élégies de Musset.

L'Union Libérale. — Il faut être animé du désir de bien faire pour aller de gaieté de cœur à la recherche des bonnes œuvres perdues dans l'incommensurable flot de toiles médiocres accrochées aux murs du palais des Arts Libéraux. Je ne partage pas l'emballement des confrères pour le talent de M. Henry de Groux. Les œuvres de M. de Groux, que notre snobisme exagéré traite de chef-d'œuvre, ne sont, en somme, que de mauvais agrandissements des curieuses charges de Léonce Petit peintes à la Raffaëlli. Ceci dit pour la *Fête patronale des archers.* *Le Christ aux outrages* n'est qu'un assemblage des femmes de Rubens de la galerie Médicis et des *Croisés de Constantinople*, de Delacroix, au Louvre. Comme composition, c'est bien pillé ! comme peinture, c'est d'un écœurement ! L'œuvre, en sa vision complète, n'est qu'une *fumisterie*, pardonnez-moi le mot, mais je le trouve juste appliqué à cette jonglerie de faiseur de toiles en cinq minutes que nous rencontrons si souvent dans nos concerts et beuglants.

A côté de ces pages à mettre en oubli, M. Fortoul a une exquise petite tête de vieille. M. L. Leroux, des paysages très habiles, trop habiles ; M. Bartley Bernard, une nature morte très bien peinte ; M. Laforgue, un *Intérieur* intéressant ; de bons paysages de M. Thibaudeau ; un bon portrait de M. Druart ; M. Kaplan, des huiles très curieuses, au

couteau, s'imprégnant moralement de Murillo et Pelez.
M. Aubert, un portrait très vivant, une aquarelle très
lumineuse de coloris. M. Henri Havet, *un Effet de nuit*
bien près d'être un chef-d'œuvre, et des coins de soleil
appréciables. *Saisons fleuries*, de M. P. Comble, sont d'une
éclatante lumière, un peu poussée au violet.

Ah! les almées de Vauquelin, comme elles rappellent la
rue du Caire de l'Esplanade! Oh! les folles cuisses, les
ronds de bras, tous les petits détails plus ou moins libidi-
neux des sirènes de M. La Lyre. Toute la lyre! Pour finir,
je cite, en bloc, les amateurs, les inexpérimentés, les
inutiles qui sont le contingent falot, l'inévitable et stupide
majorité de ces expositions sans jury. De cette majorité
qui, malheureusement, est la forte somme permettant
d'organiser ces éphémères bazars libéraux. Que les futurs
organisateurs des indépendantes exhibitions retiennent
ces noms et tâchent de se passer de ces faux artistes et de
leurs cotisations : d'Allemagne, G. Brillouin, Martin de
Puytison, I. Authrat, Dugarin, A. de Carné, Emile Raissi-
guier, Cheremetew, Daubron, Gesta, de Lobel, Millochau,
Lambert, Léon Filhon, L. Collin, Olaria, Fasseur, Ucce-
rani, Lucheny, Hillaret, Michon, Moricourt, Mansuy, etc.

Exposition de Photographie. — L'exposition de photographie, pas complètement organisée, formera un compte
rendu spécial. Pour aujourd'hui, je me contente de
signaler la superbe collection du Ministère, des cadres
d'amateurs ; et, parmi les cadres de photographes, celui de
M. Serrier, avenue de Villiers, dans lequel est un très
exquis portrait d'une jolie femme au décolletage adorable.

Louis GAILLARD.

GLANAGES

La représentation organisée par l'Association des directeurs des théâtres de Paris et celle des artistes dramatiques aura lieu, ainsi que nous l'avons dit, au Trocadéro, le samedi 7 mai.

Le programme sera extraordinairement brillant. Il se compose de :

1º L'*École des Vierges*, pantomime en un acte, de MM. Michel Carré et Colias, musique de M. Eugène Michel.

2º La *Joie fait peur*, joué par MM. Got, Prudhon, Boucher, Mmes Reichenberg, Lloyd et du Minil.

3º *Un Lycée de Jeunes Filles* (2º acte), de M. Alexandre Bisson dont les Variétés offrent la primeur, avec MM. Baron, Gobin, Lassouche, Cooper, Mmes Mathilde, Burty, Carlix, Theirel, Clem, Darlaud, Demarsy, Dufrène, Fériel, Folleville, Lucy Gérard, Lavallière, L'Écuyer, Martens aînée, Martial, Saulier, Verneuil.

4º *Toute la Lyre,* à-propos en vers libres, de M. Paul Ferrier, avec MM. Coquelin cadet, Dupuis et Noblet.

Cet à-propos servira de cadre à l'intermède dans lequel on entendra : Mmes Melba et Deschamps-Jéhin, de l'Opéra ; M. Mounet-Sully et Mme Bartet, de la Comédie-Française ; Mmes Réjane, Judic, Granier, Desclauzas et Simon-Girard, et qui se terminera par le pas de trois de *Guillaume Tell,* dansé par Mmes Mauri et Subra et M. Vasquez, de l'Opéra.

5º Le *Malade imaginaire* (1er acte), MM. Daubray, Dailly, Mmes Judic, Brandès, Grassot.

Et la *Cérémonie,* dans laquelle défileront les artistes des théâtres de Paris, devant le Præses, M. Saint-Germain.

Prix des places : loges couvertes, 12 francs la place ; loges découvertes, 12 francs la place ; fauteuils de parquet,

12 francs ; amphithéâtre, 10 francs ; premiers rangs, 7 francs ; amphithéâtre (autres rangs), 5 francs ; tribunes, 2 francs.

On peut louer des places, dès à présent, dans les bureaux de location de tous les théâtres de Paris, chez MM. Durand et Schœnewerk, éditeurs de musique, à l'office et à l'agence des théâtres, et au Trocadéro.

A la soirée donnée par les anciens officiers de terre et de mer, on a vivement applaudi Mme Mercédès Martinez, de retour à Paris depuis peu, dans une *Habanera* et un duo inédit d'Esteban Marti. Mme Martinez était très bien secondée par Mme Morino.

Une œuvre musicale très intéressante, jouée avec grand succès en province et qui verra bientôt le feu de la rampe à Paris, *Les Saintes Maries de la Mer*, de M. E. Paladilhe, vient de paraître chez l'éditeur Quinzard. Le musicien a su s'inspirer du charmant livret de M. Louis Gallet.

A l'Opéra, on presse activement les études de *Salammbô* et l'on espère toujours que l'ouvrage de M. Ernest Reyer pourra être donné dans les derniers jours du mois ou le lundi 9 mai au plus tard.

Aussitôt après on s'occupera de *Sylvia*, le ballet de Léo Delibes, dont tous les rôles sont sus et que l'on voudrait donner à l'époque du Grand-Prix.

Après quelques représentations, M. Bouhy a cru devoir résilier l'engagement qui le liait à MM. Bertrand et Campocasso.

Extrait d'un article de notre collaborateur, M. Edmond Deschaumes, dans l'*Echo de Paris* :

« Les écrivains et les artistes ont été les véritables promoteurs des réformes sociales. Ils ont étalé au soleil les plaies et les injustices. On ne les a pas écoutés. Nos livres, nos articles ont ému les consciences. *Germinal*, qui a fait frissonner, n'a point fait agir. La dynamite a parlé plus haut que l'Idée.

» Dans les centres laborieux, quelques hommes se sont voués à une propagande de destruction et de lutte. Certains sont des rêveurs convaincus. D'autres ne sont que des bandits. Les premiers sont prêts au meurtre et à la bataille. Les seconds attendent le moment du pillage et du butin.

» Leur parole éveille un écho formidable : celui de toutes les souffrances et de toutes les privations. Il n'y aura plus de repos pour l'humanité, plus de sécurité sociale, tant que des créatures innocentes seront exposées à la misère ou à la faim. Il n'existe pas non plus de société civilisée dans un monde où le nécessaire peut manquer aux uns, tandis que les autres sont gorgés de superflu. Voici la balance qu'il faut établir. Voilà le nouvel équilibre qu'il faut trouver. Des millions d'hommes espèrent aujourd'hui qu'on y parviendra.

» Demain, ils l'exigeront... »

Aujourd'hui a lieu, dans les galeries Georges Petit, l'ouverture de l'exposition organisée par les admirateurs de Raffet pour élever un monument dans Paris au célèbre peintre militaire.

L'éditeur Le Beau vient de publier la partition du *Christ*, l'œuvre de MM. Grandmougin et Lippacher, qui vient de fournir plus de cinquante fructueuses représentations au Théâtre-Moderne.

Signalons également la publication de *La Danseuse de Corde*, — Heugel, éditeur, — cette œuvre si originale de MM. Scholl, Roques et Raoul Pugno, qui fit courir le Tout-Paris au Casino, et que l'on reprendra certainement un jour.

Le Congrès des chirurgiens vient de donner à l'Hôtel Continental une magnifique soirée artistique.

Au programme :

Une composition de M. William Chaumet, chantée par M. Daz de Soria.

Barbe-Bleuette, la pantomime de MM. Raoul de Najac et Francis Thomé, interprétée par Mme Félicia Mallet et Clerget.

Enfin *Rosalinde*, la charmante comédie de M. Aurélien Scholl, qui a obtenu un si vif succès au Théâtre-Français, jouée avec beaucoup de talent par Mmes Ludwig et Kalb, et par MM. Baillet et Dehelly.

La soirée de gala qui sera donnée le 14 mai prochain, de dix heures du soir à cinq heures du matin, à l'Hôtel-de-Ville, au profit des pauvres de Paris, promet d'être très brillante.

Dans sa dernière séance, le comité des Fêtes du commerce et de l'industrie, apprenant que Mme Sarah Bernhardt devait être de retour à Paris le 5 mai, pria les membres de la presse présents de vouloir bien solliciter le concours de la grande tragédienne.

Une dépêche fut aussitôt envoyée, et la réponse ne se fit pas attendre :

Arthur Meyer, *Gaulois*, Paris.

Ami, accepte avec grand bonheur. Si avez quelque chose à communiquer serai toute la semaine Hoffmann-House, New-York. Embarque sur *Bretagne* samedi. Vous serre la main à tous.

Sarah Bernhardt.

Nous étions certain que nous ne ferions pas appel en vain à l'excellent cœur de Mme Sarah Bernhardt.

La grande artiste fera donc sa rentrée dans sa bonne ville de Paris au profit des pauvres. Par ses chaleureux applaudissements, tout le monde aristocratique et artistique, qui se pressera dans les salons de l'Hôtel-de-Ville le 14 mai prochain, saura l'en remercier.

Le nouvel opéra de Rubinstein, *Moïse*, dont le compositeur vient de terminer complètement la musique, sur un livret de M. Mosenthal, sera, paraît-il, divisé en deux soirées, comprenant chacune quatre tableaux.

Les quatre tableaux de la première sont : 1° la Naissance de Moïse ; 2° l'Oppression des Israélites par Pharaon ; 3° Séjour de Moïse dans le désert ; 4° Apparition de Jéhovah sur le buisson ardent et départ des Israélites de l'Egypte.

Voici les quatre tableaux de la seconde soirée ; 5° Passage de la mer Rouge ; 6° Publication des dix commandements ; 7° Séjour des Hébreux dans le désert ; 8° Mort de Moïse et conquête de la Terre promise.

Au cours de la traversée de New-York au Havre, que vient d'accomplir le paquebot-poste la *Champagne*, un magnifique concert a été donné par MM. Jean et Edouard de Reszké, Montariol, Lassalle, Scrbolini et Mmes Tames, Pelligiani et Devigne, qui viennent de remporter au Metropolitan-House-Opera une série de triomphes. Parmi les morceaux qui ont été exécutés, on a surtout applaudi deux ravissantes mélodies de M. Commettant, commissaire de la *Champagne* et fils du journaliste.

Le concert a été suivi d'une quête au profit de la Société centrale de sauvetage des naufragés, et qui a produit 1,500 fr.

L'autre soir, le ténor Lubert a joué le rôle de Toriddo dans *Cavalleria Rusticana,* à l'Opéra-Comique. Nous sommes très heureux d'enregistrer les nombreux succès et les chaleureux bravos qui l'ont accompagné durant toute la représentation. M. Lubert est incontestablement un des meilleurs artistes que nous possédions ; espérons qu'il ne nous quittera pas, malgré les brillantes propositions qui lui sont faites chaque jour pour aller chez les Yankees.

L'année dernière, à pareille époque, la chambre syndicale des artistes dramatiques donnait, dans les salons de l'hôtel Continental, sa première redoute. Encouragée par son premier succès, elle offre, cette année, au Casino de Paris, le jeudi 12 mai, une grande redoute où les attractions de tous genres ne manqueront pas. Le prix du billet, qui est de dix francs, donne droit à dix billets à un franc de la loterie des Artistes.

L'Imprimeur-Gérant : Gabriel MARTIN.
Paris. — 73, Boulevard de Clichy.

PRODUITS SPÉCIAUX & RECOMMANDÉS

L.-T. PIVER

PARFUMEUR A PARIS

10, Boulevard de Strasbourg

Savon, Eau de toilette, Triple extrait, Vinaigre, Poudre de riz, Pommade, Sachet, Crème et Lotion au **Corylopsis du Japon.**

LAIT D'IRIS

Pour la fraîcheur et la beauté du teint.

Glycérine savonneuse, Eau-de-vie de Lavande ambrée.

Bouquet de l'Exposition de 1889.

Eaux de toilette à la peau d'Espagne, à l'Héliotrope, etc.

EAU MINÉRALE

FERRUGINEUSE

DE

OREZZA

Toujours employée avec succès

contre

L'Anémie, la Chlorose, les Fièvres et les Appauvrissements du sang.

Puissants Toniques Régénérateurs

ANTI-DÉPERDITEURS

PRODUITS DE

Kola-Bâh-Natton

Quintuplant la force de résistance à la fatigue. Rendant de grands services aux Voyageurs, Touristes, Chasseurs, Vélocipédistes, Gymnastes, Cavaliers, Artistes dramatiques et lyriques, etc.

ELIXIR DE KOLA-BAH-NATTON, **6** fr.; VIN, **5** fr.; EXTRAIT FLUIDE, **3** fr.; PILULES, **3** fr.; CACHETS DE POUDRE, **2** fr.; SIROP, **3** fr. **50**; SACCHAROLÉ, **4** fr. **50**; PASTILLES, **2** fr.; CHOCOLAT, **2** fr. **50**; BISCUITS ou GALETTES, **2** francs.

Pharmacie **NATTON**, 35, rue Coquillière, Paris

Toutes les Pharmacies de France et de l'Étranger.

PREMIÈRE ANNÉE.   N° 3.   13 MAI 1892.

ABONNEMENTS { PARIS, DÉPARTEMENTS ET ÉTRANGER.......... **15 fr.** par an.
{ Édition de luxe, sur papier de couleur....... **60 fr.** —

LA REVUE LIBRE

LITTÉRAIRE, THÉATRALE ET ARTISTIQUE

Paraissant le 13 et le 28 de chaque Mois

Directeur : GABRIEL MARTIN

SOMMAIRE

		Pages
Georges d'ESPARDÈS.	*Le Parjure*	67
Emile GOUDEAU	*Sonnet*	70
Gabriel MARTIN	*Gloriole* (poésie)	71
Jacques NARGAUD	*Les Livres*	73
Ubald LACAZE	*Les Théâtres*	80
Louis GAILLARD	*Les Beaux-Arts*	87
	Glanages	92

BUREAUX A PARIS

73, Boulevard de Clichy, 73

LE NUMÉRO : **60** CENTIMES

Eau, Poudre et Pâte Dentifrices

DU

Docteur PIERRE

En vente chez tous les DROGUISTES, PHARMACIENS, PARFUMEURS, COIFFEURS

Dépôt général :

8, Place de l'Opéra, 8

PARIS

LIBRAIRIE DES BIBLIOPHILES

G. PELLET

9, quai Voltaire, à PARIS

Éditions princeps, éditions originales, Reliures anciennes d'amateurs.

Gravures et Eaux-fortes de Rops, de Willette, de L. Legrand, etc.

DEMANDEZ LE CATALOGUE QUI EST ENVOYÉ FRANCO

PEPSINE-CHAMPAGNE

Le meilleur digestif, indispensable pour toute personne atteinte de *dyspepsie, crampes d'estomac, gastralgie* et *atonie des voies digestives*

PRÉPARÉ PAR

A. VICARIO

Licencié ès Sciences

Lauréat de l'École de Pharmacie de Paris

Pharmacien du THÉATRE-FRANÇAIS de l'OPÉRA-COMIQUE du Théâtre des NOUVEAUTÉS du Théâtre des FOLIES-DRAMATIQUES, etc.

13, Boulevard Haussmann

(PRÈS LA RUE TAITBOUT)

PARIS

LA

REVUE LIBRE

Directeur : Gabriel MARTIN

Première Année.   N° 3.   13 Mai 1892.

CONTES BIBLIQUES

LE PARJURE

(A Georges ROCHEGROSSE)

Or, un jour, Aphikrès s'endormit sous un roc dans la ville d'Abéjah, son père, fils de Béroüm, et ce roc allait s'écrouler lorsque Jâlim passa.

Jâlim était pâtre. Sa lèvre et son âme étaient vierges. Il avait trois fois sept ans. Ses yeux chantaient au-devant de lui : Je n'ai jamais connu le mal. Et comme il était fort, ayant étranglé cent trente loups autour de Tséphat, il écarta le roc, baisa la barbe d'Aphikrès, et continua son chemin.

Or, le vieillard apprit cela, vint à Jàlim et lui dit :
« Tu m'as sauvé la vie ; demande ce que tu veux.
Aphikrès te le donnera. »

*
* *

C'était l'heure de la nuit.

Des colombes glissaient au fond de l'air. Un
souffle pur dansait sur les épis et les raisins, et
Gadalah, fille d'Aphikrès, belle comme l'esprit « qui
ne sait rien encore » s'avançait, au pas de son âne
blanc. Des muguets pendaient à sa chevelure, des
anneaux d'argent pendaient à ses chevilles, — les
muguets étaient de Tsahanajim, les anneaux d'argent
du sicle consacré.

Alors, Jàlim la trouvant belle, dit aussitôt : Je
demande à Aphikrès sa fille Gadalah.

*
* *

C'était l'heure du calme.

Aphikrès reposa sa conscience. Au loin, sur les
seuils de cèdre, de beaux hommes aux cheveux tressés,
pensaient, entourés de sacs d'or et de serviteurs
accroupis. C'étaient les riches, les anciens de la
plaine. Derrière eux, vers Chanaan, les bergers nus
conduisaient aux fontaines leurs troupes de bœufs
sauvages. Ceux-là, c'étaient les humbles et les faibles ;
ils n'avaient point d'esclaves en leur maison ni d'oli-

viers en leurs champs. Alors, sous la lune candide et les chènes hauts, Aphikrès *refusa* sa fille à Jàlim, — et cette fois, le pàtre s'en alla sans baiser la barbe du vieillard.

***

Il advint que les Hommes d'Ephraïm, courbés sous le poing du Maître, secouèrent leur servitude. Un cri monta vers le septentrion et le Prophète Ibtsam s'élança pour fendre leurs arcs et briser leurs lances ! Il avait un char d'ivoire, conduit par six chevaux; et, tenant les rènes, quarante fils d'anciens rois vaincus couraient au-devant de son ombre !

Alors Jàlim arrèta le char d'Ibtsam et lui raconta sa peine. Et Ibtsam arrèta son armée et fit venir Aphikrès...

***

On fit parler Aphikrès. On fit parler Jàlim.

***

Et voilà. Deux hommes lièrent le vieillard au tronc d'un chêne. Puis à l'heure de la nuit, on lui cloua la tète. Et satisfait, le Grand Juge continua sa route, tandis que, derrière lui, sur leurs juments cabrées, des hommes graves lançaient des flèches au Parjure !

GEORGES D'ESPARBÈS.

SONNET

Les fleurs qui naissent ne sont pas toutes
Faites pour expirer sur le cœur
Des charmantes au rire vainqueur...
Il en est qui meurent sur les routes.

Nous passons sur Terre ! Un sort moqueur,
A travers l'existence et ses doutes,
Nous accorde au hasard paix ou joutes :
Ici, plaisir, et plus loin rancœur !

Quoi ! se flétrir sur gorge pâmée
Ou sous les pieds d'une lourde armée...
Hélas ! Fleurs ! C'est toujours se flétrir !

Nous ! du haut d'un destin clair ou sombre,
Tomber dans du soleil ou de l'ombre,
Tristes ou gais, c'est toujours mourir !

Emile GOUDEAU.

LES SACRILÈGES

GLORIOLE

Après ? — Ah ! zut, après ! — Après égale rien.
Des rares — il est peu nombreux l'ami fidèle ! —
Près de mon corps puant la mèche de chandelle,
Contempleront, en un respectueux maintien,

Mon cuir sec, étiré, blanchi comme la cire.
Très haut, un hypocrite à côté pleurera,
Grainant des ave, des pater, et cætera...
D'aucuns, avec un air ne-sachant-ce-que-dire,

Se tiendront là, bâilleurs, esprits genre serins,
Essayant de tirer une rebelle larme
D'un œil qui contre ces commerces se gendarme ;
Alors ils poliront leur chapeau dans leurs mains.

Lorsque, entre deux draps blancs pour placer cette viande
Débordant de partout, des croquemorts viendront :
L'alcool, en sueur, perlera sur leur front,
Durant qu'ânonnera l'homme noir qui truande.

— Assez, assez de jeux ! Jetez ma chair au porc !
« Peut-être est-ce un restant de défunt camarade ! »
Vous inspireront les vins fins bus par rasade,
Croquant une sandwich de frais jambon d'York.

Faites, ô mes amis ! car vous ne sauriez croire
Combien plus qu'un portrait ou plus qu'un écusson
J'estime assurément cette simple façon
De voir mon souvenir peint en votre mémoire !

Inutile travail, pour y pendre des fleurs,
Que de dresser, stupide, un marbre ou même un bronze ;
Ne sacrifiez pas non plus un gardien-bonze
Qui gênera, nuit et jour, les chiens renifleurs

Levant la patte où s'est acculée une chienne.
Quoi ! vous m'objecterez que, pour la nation,
Il est de son devoir d'en faire mention
Au fils de vos enfants afin qu'il se souvienne ?

Erreur ! car près de la phrase gravée ainsi :
« Au géant ! Qu'il soit ceint d'une palme éternelle ! »
Il faudrait placarder au marbre qui ruisselle :
« Par respect, ô passant ! ne pisse pas ici ! »

Gabriel MARTIN.

LA QUINZAINE ARTISTIQUE

LES LIVRES

La Conquête du Pain, par Pierre Kropotkine : Tresse et
Stock, éditeurs. — **Lettres de Femmes**, par Marcel
Prévost : A. Lemerre, éditeur. — **L'Amour et la
Guerre**, par Paul Perret : Ollendorff, éditeur.

I. — Presque à toutes les époques, de rares hommes
d'élite se sont rencontrés qui, délaissant la culture infertile
et égoïstique du *Moi*, ont regardé la vie en face, sans
hypocrisie et, l'ayant vue telle qu'elle était, n'ont pas trouvé
que tout y allât pour le mieux dans le meilleur des mondes.
La misère des Pauvres et la sécheresse des Riches leur
serre le cœur. La pitié qu'ils ont des uns, ils s'efforcent de
la faire fleurir dans l'âme de rocher des autres. Ce qu'ils
souhaitent, ces hommes, ce n'est pas une interversion
violente des rôles, ceux-là prenant la place de ceux-ci;
c'est le rapprochement général. Ils prêchent donc la fra-
ternité dans le labeur et l'égalité dans la jouissance de ses
fruits. Ils ne désirent pas que ceux qui travaillent se
croisent les bras dans l'oisiveté et ne fassent plus rien;
mais ils veulent que tous travaillent dans la mesure de
leurs moyens et que tous jouissent dans la mesure de leurs
besoins. Et l'on dit : Pauvres rêveurs !

Rêveurs ? Peut-être ! Et qui sait ? Ce que les sceptiques
traitaient, en haussant les épaules, d'utopies, *d'humani-*

laireries ridicules, il y a bien peu de temps, s'aiguise déjà en revendications positives.

L'opprimé d'hier, qu'on avait cru si bien fait pour le joug, redresse la tête et veut sa part de liberté ; l'affamé d'hier, qui n'avait que les miettes du festin comme un chien, veut sa place à la table ; celui dont le rôle était de s'user péniblement pour que l'existence d'un petit nombre fût plus douce et plus brillante, veut sa part de vie.

Et voici que ceux mêmes qui étaient, de parti pris, sourds aux plus légitimes plaintes, dressent l'oreille. Ils abaissent leurs yeux vers les spectacles qu'ils avaient résolu de ne pas voir ; ils considèrent, eux qui sont en haut, les souffrances de ceux qui sont en bas ; ils font un édifiant retour sur eux-mêmes ; ils comparent ces misérables êtres, que rongent les soucis de toutes sortes, à ce qu'ils sont. Et ils réfléchissent que, cependant, ces parias sont leurs frères !

Mais pour qu'ils sortent de leur indifférence, il faut que la voix d'un apôtre s'élève et les en tire à la lumière, à la vérité !

Eh bien, l'un des plus éminents de la religion nouvelle — qui nous ramènera au christianisme, dont elle est la fille — est, de nos jours, Pierre Kropotkine, l'auteur de la *Conquête du Pain*.

Si ce titre n'était pas significatif, la couverture rouge du livre, qui éclate comme une fanfare guerrière, crierait que l'on est en face d'une œuvre de combat.

Et c'est bien, en effet, un combat qui va s'engager : « L'évolution s'est accomplie dans les esprits durant le cours de ce dernier demi-siècle, dit l'écrivain anarchiste ; mais comprimée par la minorité, c'est-à-dire par les classes possédantes et, n'ayant pu prendre corps, il faut qu'elle écarte les obstacles par la force et qu'elle se réalise violemment par la Révolution. »

Non, maintenant, il ne faut plus se contenter de gagner le pain à la sueur de son front. Il faut le conquérir. Et le pain signifie « tout ce qui est nécessaire ou même simplement utile au confort de la vie ».

Si l'homme n'était pas un loup pour l'homme, *homo homini lupus*, combien cette conquête serait aisée, en admettant qu'elle dût être faite !... Ou plutôt l'on s'acheminerait d'un commun accord, d'un même élan généreux, vers le bien-être universel; la transformation s'opérerait de fond en comble, mais pacifique et chacun y mettant du sien.

Réforme-t-on l'homme ? Pierre Kropotkine est de ceux qui croient à une régénération possible, à une renaissance au bien — sans laquelle il est à craindre que ses rêveries soient irréalisables, si belles et si dignes d'êtres réalisées qu'elles soient !

Sous la plume de ce penseur, qui est doublé d'un écrivain de race, toutes ces choses, qui ne sont pas encore, vivent ! Il nous emporte littéralement vers cette Humanité idéale qu'il imagine, vers cette société nouvelle affranchie des bas mobiles de l'ancienne société, qui est la nôtre...

Cet homme, cet écrivain, cet apôtre est une force, parce qu'il parle au nom de la justice et de la vérité; d'une justice vraiment juste et d'une vérité vraiment vraie. Et il parle si éloquemment que nous le suivons ligne à ligne, à travers l'aridité du sujet, — tant tout ce qui est vrai et juste subjugue l'homme !

Je voudrais que ce livre fût imprimé à des milliers et des

milliers d'exemplaires qu'on distribuerait, pour rien, aux riches oisifs et aux riches actifs, — également dangereux vis-à-vis de la masse, dans notre société actuelle, — afin qu'ils s'amendassent les uns et les autres, pendant qu'il en est temps encore. Je le voudrais aussi, ce livre, dans les mains des ouvriers, des artisans, de tous les petits, afin qu'ils apprissent la vie qui pourrait leur être faite, et qu'ils y ont droit, à cette vie, est aussi éloignée de celle qu'ils mènent qu'un enfer d'un paradis.

Pierre Kropotkine le dit énergiquement qu'il est misérable que les machines, fruits des réflexions de plusieurs siècles, soient seulement un bienfait pour l'aristocratie de l'argent, au détriment des travailleurs dont elle prive un grand nombre de travail et qu'elles tuent par le chômage et la misère, alors qu'elles devraient réduire leur peine à la plus simple expression et leur donner, à eux aussi, le bien-être.

La terre, fécondée comme jamais elle ne le fut, produit aujourd'hui assez pour que tout le monde vive ; mais elle est la propriété de quelques-uns qui accaparent ses fruits ; l'industrie se développe admirablement, mais elle n'est une source d'aisance que pour quelques-uns, les patrons et les intermédiaires. Si bien que les producteurs ayant, en tout et pour tout, la moindre part, on peut dire que notre société est basée sur le parasitisme.

« ... Toute notre production se dirige à contre-sens, dit Kropotkine. L'entreprise ne s'émeut guère des besoins de la société : son unique but est d'augmenter les bénéfices de l'entrepreneur. »

Et c'est ce qui, grâce à l'expropriation, ne doit plus être !...

La place nous manque pour analyser ce livre comme il conviendrait. Aussi bien nous aimons mieux renvoyer à lui, mais nous ne pouvions pas ne pas parler de cette œuvre généreuse qui nous a pris au cœur. Elle jette quelques paroles d'espoir aux déshérités, mais que les autres y prennent garde : c'est un avertissement et c'est presque une menace ! L'homme va se réveiller dans les bêtes de somme ; l'Ame va redresser les corps ployant sous le faix : c'est à la voix d'Apôtres tels que Pierre Kropotkine, que ces miracles s'accomplissent, et maintenant la voix a parlé !...

II. — Le livre de Kropotkine est un livre grave ; il touche, comme on vient de le voir, aux problèmes les plus hauts, dont la solution, il faut s'y attendre, ne s'obtiendra pas pacifiquement, puisque tous les états sociaux ont le même fondement de boue et de sang... Je dois donc passer sans transition, car il n'y en a pas de possible, aux livres dont j'ai encore à parler aujourd'hui. C'est ce que je fais.

M. Marcel Prévost qui n'a pas, que je sache, le travers très à la mode, mais un peu enfantin, de s'intituler psychologue gros comme le bras, nous donne, avec *Lettres de Femmes*, une suite d'états d'âmes féminines fort subtilement analysées.

Cet écrivain, qui a le bonheur d'être jeune — un vrai bonheur, puisqu'il écrit si bien ! — cet écrivain m'a semblé connaître la Femme, corps et âme, cervelle et cœur, de haut en bas. Et il la connaît, en effet, non pas en jeune homme que l'approche d'un jupon fait rougir et pâlir, non pas non plus en Chérubin, mais comme un vieux routier qui en aurait fait bien des fois le tour, et qui a fini par en deviner l'énigme et percer le mystère. — Perspicacité vraiment étonnante !

Étonnante et charmante aussi, car M. Prévost n'est pas un brutal ou un maladroit qui abuse des secrets qu'il a surpris. S'il fouille l'âme de la femme, s'il la dénude, c'est avec des tendresses d'amant, avec les infinies précautions d'un amateur maniant une statuette fragile. Il a le scalpel délicat. Si son sujet est vilain par quelque côté, ce n'est pas celui-là qu'il mettra en pleine lumière, non, jamais! Mais qu'importe? que ne se plaisant point aux trop basses scélératesses de l'âme féminine, il en évite plutôt la peinture, nous n'y trouvons pas moins notre compte, puisqu'il nous les montre cependant très clairement et nous les écrit, pour ainsi dire, entre les lignes.

Il y a telles de ces *Lettres de femmes* qui sont de petits chefs-d'œuvre. Il y en a pour tous les goûts; il y en a de libertines, de très fin-de-siècle dernier, comme *Un Confesseur* et *Dévouement;* il y en a de pince-sans-rire comme *Vingt-huit jours,* où l'on voit bien que c'est surtout auprès des femmes que les absents ont toujours tort, quand elles sont jeunes et jolies... Toutes les femmes qui seront mariées depuis dix mois et qui ne conserveront plus « aucune illusion sur les joies légitimes » s'efforceront de suivre les conseils du *Choix d'un amant.* Leurs pauvres maris, leurs pauvres amants! Elles les cocufieront tous ensemble et l'un par l'autre!... La *Blague* est d'une poignante tristesse: le sexe à qui nous devons M. Legouvé pourra en faire son profit comme du *Journal de Simone,* le sexe faible, qui se révèle si fort ici... Mais il faudrait les citer toutes, ces *Lettres* lestement troussées qui font surtout honneur à l'écrivain qui les a écrites, par ce qu'elles nous ouvrent, comme avec une clef d'or et à deux battants, la porte de cette caverne d'Ali-Baba qu'est l'âme de toute femme vraiment femme, où l'on trouve les perfidies qui tuent lentement, cyniquement, impitoyablement à côté des trésors de tendresses chimériques dont nous vivons. La tâche que M. Marcel Prévost s'était tracée, il l'a accomplie sans défaillance ; il a été capiteux autant qu'il était nécessaire.

Il ne faudrait pas croire cependant que ces *Lettres* fussent toutes frivoles : certes, je ne les mettrais pas dans les mains des jeunes filles « dont on coupe le pain en tartines », mais je ne serais pas fâché de les voir dans les mains de beaucoup de jeune femmes : elles en arrêteraient quelques-unes sur les mauvaises pentes !

III. — **L'Amour et la Guerre**, le nouveau livre de M. Paul Perret, que nous connaissions déjà par un bon roman, *Sœur Saint-Agnès*, est un livre à lire. Ceci n'est pas un banal éloge en ce temps où la moitié civilisée de l'ancien monde a ses pluies de feuillets imprimés dénués de tout, comme l'autre moitié demi-barbare a ses pluies de sauterelles ! Les deux nouvelles réunies sous ce titre, l'*Amour et la Guerre*, sont d'un style sans aucune préciosité en toc, — limpide et compréhensible.

Le *Coq Basque et Carmine* intéressent et M. Paul Perret a démontré, une fois de plus, victorieusement, qu'une nouvelle bien traitée peut valoir un roman de longue haleine. On retrouvera là, avec un peu moins d'éclat sans doute, le talent de Prosper Mérimée ; mais, en revanche, M. Perret a une chaleur et une sensibilité sincère qui manquaient au maître conteur et qui sont pour plaire. Le poète François Coppée l'a constaté déjà dans la préface écrite par lui pour ce volume, mais si la remarque frappe juste, il n'y a pas d'inconvénient, après l'avoir vue en tête du livre, à la revoir encore à la critique, qui marche en queue !

Jacques NARGAUD.

LES THÉATRES

Ambigu. — *Le Justicier*, drame en cinq actes et sept tableaux, de M. Stanislas Rzewusky.

Folies-Dramatiques. — *Les Vingt-Huit Jours de Clairette*, vaudeville-opérette en quatre actes, de MM. Hippolyte Raymond et Antony Mars, musique de M. Victor Roger.

Gymnase. — Reprise du *Fils de Coralie*, comédie en quatre actes, de M. Albert Delpit.

Cluny. — *La Mission de Prosper*, vaudeville en trois actes, de M. A. Barré.

Théâtre-Moderne. — *Marie Lafond*, de MM. Jean La Rode et Georges Rolle. — *Azor*, vaudeville, de M. Gascogne.

Opéra-Comique. — *Enguerrande*, opéra-comique en quatre actes, tiré du poème de M. Emile Bergerat par M. Victor Wilder, musique de M. Chapuis.

Quinzaine particulièrement chargée et féconde... en succès surtout. Parmi ceux-là, à l'Ambigu, *Le Justicier*, de M. Stanislas Rzewusky.

On se rappelle sans aucun doute les applaudissements

qui accueillirent, à la Porte-Saint-Martin *L'Impératrice Faustine*, au Théâtre-Libre *le Comte Vitold*, pièces du même auteur.

Le Justicier, quoique très compliqué, est un drame d'une remarquable tenue littéraire. Pour plus de clarté, voici résumée en tableaux cette pièce, qui a été fort bien accueillie du public parisien :

Premier tableau : La Débâcle. Un gentilhomme, le prince russe Philippe de Mora, grand joueur, vient de perdre à sa dernière banque la somme rondelette de soixante mille francs. Ce coup l'achève, il est ruiné. La princesse Louise, sa femme, est une bonne créature, qui se dévoue quand même pour sauver son malheureux mari. Elle se désole, alors que son fils, leur fils, André de Mora, est plus calme. Ce jeune homme, se proclamant nihiliste, souhaite que la ruine de Philippe soit le signal de sa réhabilitation morale. Le prince de Mora, lui, se propose de divorcer pour se remarier avec Esther Vandergold, une aventurière aimée autrefois par André de Mora.

Deuxième tableau : Monsieur Rodolphe. M. Rodolphe n'est autre qu'un patron de cercle. Le prince Philippe de Mora demande à ce dernier les soixante mille francs dont il a besoin. Mais M. Rodolphe, sans aucun égard pour les titres..... nobiliaires du prince, les lui refuse avec un très pittoresque sans-façon. Fort heureusement, le père de ce patron de cercle, Evrad, a été naguère l'intendant des Mora. Il a voué un culte affectueux à la princesse Louise. C'est à elle qu'il prêtera les milliers de francs demandés par Philippe. La princesse va chez Rodolphe ; elle y apprend que son mari va épouser Esther. Ce divorce ne se fera pas. André fera échouer les projets de son père.

Troisième tableau : Le Justicier. L'action se passe à Péterhoff, dans la maison de campagne isolée d'Esther Vandergold. André de Mora vient demander à son père la renonciation à son désir de divorcer. Il lui révèle qu'Esther a été sa maîtresse ; mais Philippe n'écoute pas. André aime Esther. Il pénètre dans la maison de cette dernière, s'explique violemment avec elle, et à bout d'arguments la tue et s'enfuit. Le Prince arrive au même instant. On l'arrête. Pour ne pas accuser son fils, il ne se défend pas d'être l'assassin d'Esther.

Quatrième tableau : La Route d'Exil. Après la condamnation du prince, André s'est dénoncé. On ne l'a pas cru. Philippe de Mora fait partie d'un convoi de forçats en partance pour la Sibérie. Sa femme et son fils viennent le voir une dernière fois. Depuis la mort d'Esther, Philippe de Mora est devenu mystique. Il ne pardonne pas à son fils tout en reconnaissant ses torts envers la princesse, qui, éternelle dévouée, se sacrifie de nouveau et consent à l'accompagner en Sibérie. Le prince exprime seulement la volonté que son fils veille sur une fille d'Esther qui reste seule au monde. André le promet.

Cinquième tableau : Bax-les-Bains. Il s'est écoulé douze ans depuis le départ du prince pour la Sibérie. André, qui n'a tenu qu'à moitié sa promesse, retrouve la fille d'Esther dans un casino thermal. Elle est devenue une horizontale haut cotée. André a fait pendant ces douze ans une fortune énorme en Amérique. Il propose à Olympe Rival, fille d'Esther, une partie de cette fortune. Olympe accepte.

Sixième tableau : L'Aveu. Olympe aime cet original et leur bonheur aurait duré ; mais un amant éconduit, le journaliste Lousteau, fait savoir à Olympe, par une lettre, qu'André s'est jadis accusé du meurtre d'Esther Vandergold. Elle le fuit, mais, lorsqu'elle apprend que dans le duel qu'il a avec Lousteau, il ne veut pas se défendre, elle tombe presque dans ses bras. André lui avoue l'assassinat qu'il a cru devoir commettre au temps où il était le Justicier.

Septième tableau. Dans le duel qui a lieu, André est blessé et meurt. Il meurt pardonné et aimé par Olympe.

Ce drame est, comme on le voit, très complexe ; mais sa clarté fait passer sur certaines actions un peu décousues. Il atteint très souvent à la plus haute expression pathétique, surtout au quatrième tableau. Le deuxième et le cinquième tableaux sont une peinture exacte et remplie de fine observation du monde des joueurs. M. Rodolphe est bien l'usurier féroce, teneur de tripots, excellent père de famille, très bourgeois, tel que nous le montre la société moderne.

L'interprétation du *Justicier* est très bonne. M. Lerand, dans le rôle épisodique d'Evrad a été d'une belle émotion. M. Desjardins, a une excellente tenue dans le rôle de Philippe de Mora, depuis les élégances princières jusqu'à la misère morale du forçat. M. Pouctal joue avec une grande chaleur le rôle d'André. M. Gravier, dans le personnage de Lousteau, le journaliste, déploie une fantaisie remplie de finesse ; et M. Francisque (Rodolphe) a fort amusante allure dans cette incarnation d'un personnage canaille... et bon enfant. Mme Tessandier a remarquablement rendu le dévouement, l'abnégation de la princesse Louise. Mlle Louise Lody, dans les rôles d'Esther et d'Olympe, a eu le succès très franc, qu'elle méritait d'ailleurs.

Vivarel, maréchal des logis réserviste, est parti faire ses vingt-huit jours. Clairette, sa femme depuis un mois, le suit à son insu dans sa ville de garnison. Une ancienne maîtresse de Vivarel a suivi la même idée. La maîtresse de Vivarel est prise pour la femme légitime, tandis que Clairette est prise pour une dégrafée qui vient cascader avec le maréchal des logis.

Pour se venger de son mari, Clairette se déguise en hussard et se présente au quartier sous le nom d'un réserviste manquant à l'appel. Là, elle fait des siennes, giffle un camarade de chambrée, se bat en duel, passe au conseil. Tout s'arrange. Elle reprend ses jupes, pardonne à son mari. Le rideau tombe et la pièce a réussi.

Victor Royer a noté pour cette hilarante fantaisie des airs légers et de claires sonneries. MM. Vauthier, Guyon fils et Guy sont des *houzards* dont l'entrain et la belle humeur ont fait la joie du public des Folies. Mmes Stelly et Tusini chantent très agréablement. On a tout spécialement fait ovation à Marguerite Ugalde qui a profité de l'occasion pour faire une rentrée au théâtre, rentrée très brillante et très applaudie.

La reprise du *Fils de Coralie* a été un succès de plus pour M. Albert Delpit. Nous ne croyons pas utile de rappeler ici le scénario de cette pièce qui est dans toutes le-mémoires. L'interprétation, si elle n'est pas tout à fait à la hauteur de celle de 1880 avec Guitry et Mme Tessandier, a une très excellente tenue.

M. Duflos est un Daniel très vibrant, Mme Antonia Laurent a tragiquement et très artistiquement composé le rôle de Coralie. Mlle Darlaud, dans le personnage d'Edith, a une très grande allure passionnée et une gentillesse tout intime. Mme Desclauzas, très spirituelle et très émue, a obtenu un bon succès bien mérité. M. Plan est un Montjoie très correct et très dégagé.

Ce vaudeville un peu vieux de formule est mené assez lestement. Il a bien réussi devant le public de Cluny.

Prosper lâche Paulette avec l'intention de se marier. Paulette se venge en lançant Prosper dans une campagne électorale pour un monsieur Gérardot, son amant. Quiproquos sur quiproquos, bouffonneries, mots drôles à foison, que détaillent très finement MM. Numa et Leroux. Du côté féminin, nous applaudirons Mme Aciana et Mlle Daubray.

Marie Lafond est l'histoire, éternelle histoire d'une malheureuse fille. Abandonnée par son amant, elle essaie de rester honnête en gagnant sa vie par son travail. Elle n'y réussit point et meurt finalement à l'hôpital dans la situation la plus cruelle.

D'un intérêt hautement dramatique, la pièce a fort intéressé le public qui a rendu justice au grand talent de comédienne dont a fait preuve Mlle Nau, surtout à la dernière scène d'un très poignante angoisse.

Azor, un vaudeville en un acte de M. Gascogne, est un sujet élaboré pour l'Institut Pasteur. Cette piècette repose sur une question de virus rabique qui nous parut assez étrange.

Enguerrande a été avec *le Justicier* un des clous théâtrals de la quinzaine.

Dans la préface qu'il écrivit pour Enguerrande, le poème-genèse de l'opéra-comique qui nous occupe, Théodore de Banville disait : « Voici un poème dramatique d'un éclat éblouissant, compliqué, mystérieux. »

Le livret de M. Victor Wilder a tenu toutes les promesses de la préface de Banville en gardant intacte en sa forme la préciosité rythmique d'Emile Bergerat, grand prêtre de Shakespeare et poète sertisseur de rimes du *Capitaine Fracasse*.

Au premier acte, en Sicile, le roi Jean III vient de mourir. Son héritier serait Gaëtan, si Gaëtan voulait régner. Mais il a juré à sa mère de ne jamais monter sur le trône, parce que l'état de roi est plein d'ennuis et de dangers.

Sculptant par ci, versifiant par là, Gaëtan est un artiste et vit comme tel. Il ne veut pas épouser Enguerrande, reine de Corse, et le déclare tout net à Mélibée, son ambassadeur.

Au second tableau, Enguerrande se promène dans une forêt et y rencontre Gaëtan. Elle a jurer de se venger de lui. Sans se connaître, ces deux pantins menés par l'amour s'éprennent l'un de l'autre. Enguerrande, comme Gaëtan, a fait un vœu, qui est de n'appartenir qu'à un roi. Enguerrande, qui a aussi des droits à la couronne de Sicile, fait mettre en prison Gaëtan avec l'arrière-pensée de le garder près d'elle.

Gaëtan, en geôle, refuse quand même le sceptre et la couronne. Cependant il s'attendrit et signe avec Enguerrande un traité d'amnistie.

Une guerre éclate. Gaëtan dans les bras d'Enguerrande, comme Renaud dans les jardins d'Armide, oublie son peuple et chante l'amour et les étoiles. Pourtant à force de volonté, il dénoue le collier rose des bras d'Enguerrande et vole au combat et..... à la mort. Enguerrande tombe sur son corps et la pièce finit sur une triste mélopée fort bien écrite par M. Chapuis.

De toute la partition bien remarquable de M. Chapuis,
la romance de Noémi restera comme un délicat morceau,
ému et simple. Le duo de Gaëtan et d'Enguerrande, le
dernier, est très passionné. L'expression vraiment émou-
vante est parfois d'un véritable sentiment dramatique.

L'interprétation d'*Enguerrande* ne manque pas d'éclat.
M. Gibert, en Gaëtan, a du prestige et une belle justesse
d'organe. Mlle Boucart, qui débutait dans Enguerrande,
sait chanter, possède son métier à fond, joue avec grâce et
s'habille avec goût. M. Fugère (Mélibée) a un entrain
remarquable tant dans la voix que dans le jeu. M. Fournets
et Mlle Horwitz ont donné de l'intérêt à des rôles purement
épisodiques. Mlle Horwitz même, dans celui de Noémi,
a montré bien de la gentillesse et de la câlinerie.

La soirée n'a pas eu peut-être les bravos qu'elle méritait. Le public parisien devient de plus en plus rétif à ces
adaptations chimériques. Le réalisme qui tombe en désué-
tude dans le roman semble vouloir s'imposer à la scène où
les œuvres faites de rêve et de poésie n'obtiennent qu'un
demi-succès.

UBALD LACAZE.

LES BEAUX-ARTS

LE SALON LA NUIT

Chères lectrices, vous qui êtes une des attractions incon-
testables du *vernissage*, ne vous êtes-vous jamais demandé
ce jour-là, dans le triomphal rayonnement de vos toilettes
exquises : gaze, foulard, tussor, *et cœtera* ; ne vous êtes
jamais demandé le mal inouï, le travail colossal, le tita-

nesque effort qu'il a fallu pour mener à bien la réception
et l'accrochage de toutes ces toiles que vous daignez —
d'un geste adorable, d'ailleurs — désigner du bout de votre
éventail en regardant sans voir de votre face-à-main.

Avez-vous songé, parfois, à cette armée de châssis en
déroute : les pauvres refusés qui s'en vont, mélancoliques,
regagner l'atelier morne au rythmique balancement de
l'indifférent portefaix. Avez-vous songé aussi aux élues de
ce paradis byzantin qui est le Salon ; à toutes ces toiles où
des têtes d'inconnus se regardent là pendant deux grands
mois ; où sont représentées toutes ces coulisses des Halles :
les natures mortes ; tous ces chaudrons, ces poireaux, ces
carottes tirées en couleur, pour allécher l'acheteur, fin
gourmet qui, seul, trouve intéressant de prendre dans sa
salle à manger tous ces fruits inamovibles et ces brioches
chardinesques.

Non ! vous n'y songez pas à tout cela, et vous faites
bien.

Vous trouvez — et vous avez mille fois raison — vous
trouvez que le soleil de vos yeux et les laques de vos lèvres
valent mieux que les plein-airs et que tous les habiles
frottis.

Vous aimez qu'on vous regarde : on vous admire. Mais
vous ne vous doutez pas que, de la sorte, vous faites une
concurrence déloyale à toutes ces œuvres, bonnes ou mauvaises, qui, pour quémander votre sourire, se sont riche-
ment vêtues de ces robes de brocart : les cadres.

Ah ! vous ne savez pas ce qui se passe la nuit dans la
solitude des salles silencieuses !

J'ai pu, certain soir, me dissimuler sous la courtine
d'une cimaise voulant m'offrir le luxe personnel d'être

seul au Salon; et voilà ce que j'ai vu et entendu :

Après que se fut éteint le dernier bruit de pas du dernier partant, je perçus un vague froufrou soyeux, musical comme le crépitement monotone des feuilles mortes dans les forêts renaissantes. C'étaient les belles dames en robes de satin qui, lasses de cette poussiéreuse journée, secouaient leurs traînes aux multicolores reflets. Elles toussèrent un peu par manière d'acquis, et ouvrirent le feu roulant et railleur des papotages mondains. La duchesse d'A..., seule grande dame de sa salle, s'ennuyait si fort qu'elle condescendit à causer avec une grosse commerçante en produits alimentaires. Elle daigna même lui demander son avis sur un fromage mou qui s'étalait frais et luisant sur la cimaise voisine. La grosse dame, charmée de se faire une si bonne relation, lui donna des détails très circonstanciés sur la fabrication des fromages en général et du livarot en particulier.

Deux hommes, portraicturés, qui jadis eurent un duel, se réconcilièrent en regardant un petit paysage printanier représentant, par un hasard bizarre, l'endroit où leur honneur avait été satisfait.

Une femme, appelée Léda, mais qui n'était autre que la petite Bibi-Chonette de Montmartre, alla, par gaminerie, s'asseoir sur les genoux respectables et inviolables de M. le procureur général X..., l'homme intègre, un des caractères assis de la magistrature assise.

Pour passer la nuit gaiement, les petits soldats d'un tableau militaire prirent d'assaut un couvent de nonnes peint d'une pâte n'ayant rien de commun avec celle qui sert à faire les beignets de nonnes, de rabelaisienne mémoire.

Un Napoléon Ier, à l'allure guindée et irascible, traversa trois ou quatre salles pour trouver un portrait de M. Carnot et lui dit :

« — Du haut de ces murs humides, quarante toiles nous
» contemplent; et c'est devant leur gloire dorée sur cadres
» que je tiens à vous dire que j'ai beaucoup connu votre
» grand-père. »

Il dit et s'en alla, suivi d'un Paulus qui chantait le *Père La Victoire*.

Bref, chères lectrices, toutes ces toiles passaient la nuit le plus agréablement du monde. Quelques paysages jouaient à échanger leur effet : un paysage de Provence prêtait son soleil à une vue de Belgique, qui lui confiait, en bonne camaraderie, la brume vaporeuse des brouillards de l'Escaut.

Et la sculpture ? Y songez-vous à la sculpture ?

Tous ces Hercules plus ou moins Farnèse luttent, pendant que le chœur angélique des Èves avant le péché s'essaye à des harmonies imitatives de baisers chastes.

Les Hercules luttent devant un jury composé de toutes les commandes statufiées de nos gloires nationales. Ils luttent avec acharnement; et par ainsi s'explique la jonchée de doigts, nez, oreilles, dont le sol est couvert un lendemain de *vernissage*.

Les plus tristes ce sont les gens, en plâtre, célèbres, qui sont tenus, d'après le règlement de rester là pendant soixante jours à regarder défiler devant leurs yeux jamais clos le flot toujours croissant de la foule inconnue. Ah ! comme ils s'ennuient ! N'étant que des bustes, sans bras, sans jambes, sans rien, ils restent en place; et pour seule distraction, engagent une conversation de piédouche à pié-

douche. Aussi rien de plus cocasse que d'entendre Edouard
Drumond répondre à M. de Rothschild en l'appelant : mon
cher voisin ! de voir M. Renan faire un discours écouté
par le cardinal Lavigerie et applaudi inconsciemment des
lèvres par un Rochefort en marbre, etc., etc.

J'ai vu d'autres choses encore ; mais je ne puis vous les
dire. Ces choses sont d'ordre intime et bien que le divorce
existe, je ne saurais conter ici les rendez-vous clandestins
que j'ai vu prendre par des portraits mâles et femelles
n'ayant nulle crainte du mari.

Je ne vous parle pas des *œuvres* symbolistes. Celles-là,
voyez-vous ? ce sont des toiles de rêve qui ne savent pas,
qui ne peuvent pas se faire au bruit du monde ; et, pen-
sives la nuit, comme le jour, elles restent, hiératiques,
dans leurs cadres. Ce sont des idoles. On les aime : elles
s'adorent. Elles se comprennent et ne vont chercher ni les
louanges, ni les quolibets. Elles se contentent d'être
glorieuses et lumineuses au plus haut du ciel.

On les voit, on ne les touche pas. Elles ont cela de
commun avec le soleil... et avec vous, chères lectrices,
qui êtes le plus clair rayon du *vernissage*, où l'on se plaît
à vous admirer, éblouissantes, dans le triomphal rayonnement de vos toilettes exquises : gaze, foulard, tussor,
et cætera.

Louis GAILLARD.

GLANAGES

La *Librairie Illustrée* vient de mettre en vente deux intéressants volumes : *Les Souvenirs de Crimée,* du général Thoumas, et *Jeanne d'Arc,* dont l'auteur, M. Joseph Fabre, l'apologiste de la Pucelle, eut un si retentissant succès l'année dernière, au théâtre du Châtelet, avec son drame portant le nom de l'héroïne.

Le Miroir, de notre confrère René Maizeroi, ne veut pas quitter l'affiche des Folies-Bergère. Les si délicieuses et si fines interprètes, Mmes Ellen Andrée et Renée Maupin, sont en passe de moissonner les mêmes succès que Mlle Félicia Mallet, comme mimes.

Le peintre Yates Harrington, qui est mort dernièrement à Londres, était âgé de trente-sept ans. M. Yates Harrington était surtout célèbre par ses études de chiens ; son tableau « Tenfel le terrier » fit sensation.

M. A. Mariani, qui a rendu tant de services aux artistes dramatiques et lyriques par sa création du vin qui porte son nom et universellement connu, vient de faire paraître un intéressant album dans lequel chacune des sommités artistiques donne son appréciation. Voici ce qu'en pense l'illustre cantatrice, Mme Juliette Conneau : « Vous êtes, mon cher » Mariani, un excellent champion de l'art vocal et, grâce à » votre bienfaisant Vin de Coca, les cigales ayant chanté tout » l'été, pourront continuer l'hiver. »

Un début à sensation : M. J. Mévisto — le frère de notre sympathique ami Mévisto, l'interprète si original des chansons réalistes — va débuter, demain samedi, au Concert de l'Horloge. Espérons que M. J. Mévisto saura soutenir l'éclat déjà donné à son nom par son frère.

La *Statue du Commandeur*, la pantomime de MM. Paul Eudel, Mangin et Adolphe David, qui marche si bravement vers la centième, aux Nouveautés, vient de paraître en une exquise partition chez Heugel.

Concerts et musique de chambre. — MM. I. Philipp, Berthelier, Loëb et V. Balbreck viennent de donner leur dixième et dernière séance, et ont ainsi mené à bonne fin leur difficile entreprise. On y a applaudi un trio de F. Hiller, un quatuor de M. d'Indy, un *adagio* d'une belle sonorité de M. Georges Mathias et les ravissantes pièces à deux pianos *(Conte d'Avril)* de M. Ch. Widor, dont M. Philipp et l'auteur ont donné une fort brillante exécution.

Un de nos confrères reparle des Mémoires que M. Maxime Ducamp aurait déposés à la Bibliothèque nationale pour rester secrets jusqu'en 1910. — Pourquoi ne resteraient-ils pas éternellement secrets?

A son programme déjà si attrayant, M. Donval, le directeur du Nouveau-Cirque de la rue Saint-Honoré, vient encore d'ajouter un numéro des plus gracieux.

C'est un divertissement de clownesses jouant avec un petit âne blanc, conduit par un ravissant pierrot, la première danseuse, Mlle Ducastel.

Jules Jouy, l'inimitable, le désopilant chansonnier chat-noiresque, vient de publier, chez Flammarion, *La Muse à Bébé*.

Au dernier « Five o'clock » du *Figaro*, la première partie du programme se terminait par une grande scène lyrique, *Narcisse*, musique de Massenet sur des vers de Paul Collin. Très gros succès.

Un traité antérieur contraignant M. Antoine à partir pour Bordeaux, la représentation de *Thérèse Raquin*, qui aura lieu au Vaudeville, au bénéfice de la Société Maternelle Parisienne, est remise irrévocablement au vendredi 20 mai.

Le succès de cette représentation s'annonce de plus en plus ; il ne reste plus à louer que quelques loges et quelques fauteuils d'orchestre.

———

M. Carvalho, dit le *Monde Artiste*, vient de réengager Mlle Emma Calvé. Mlle Emma Calvé est engagée pour deux années à partir du 1er novembre prochain ; elle fera sa rentrée dans *Cavalleria*, puis elle chantera *Carmen*, et créera le rôle de Myrtô dans la nouvelle partition de M. Gaston Salvayre.

———

Dans sa séance d'hier, la Commission des Auteurs et Compositeurs dramatiques a procédé à l'élection de son bureau pour l'exercice 1892-1893.

Ont été nommés :

MM. Camille Doucet, président ; Victorien Sardou, Ludovic Halévy, J. Massenet, vice-présidents ; Victorin Joncières, trésorier ; Georges Ohnet, archiviste ; Armand d'Artois et Albert Delpit, secrétaires.

———

Les examens de fin d'année du Conservatoire de musique et de déclamation commenceront le 24 mai.

Voici l'ordre de ces examens à la suite desquels les élèves seront admis au concours :

Mardi 24 mai, solfège chanteurs, dictée, théorie ; mercredi 25 mai, solfège instrumentistes, dictée, théorie ; lundi 30 mai, solfège instrumentistes, oral ; mardi 31 mai, solfège chanteurs, oral ; mercredi 1er juin, classes préparatoires de violon ; jeudi 2 juin, classes de chant ; vendredi 3 juin, classes de chant ; samedi 4 juin, mise en loge (harmonie) ; mardi 7 juin, opéra ; mercredi 8 juin, comédie et tragédie ; jeudi 9 juin, opéra-comique ; vendredi 10 juin, opéra-comique ; samedi 11 juin, classes préparatoire de piano ; lundi 13 juin, harpe ; mardi 14 juin, harmonie, oral ; mercredi 15 juin, contrebasse

et violoncelle ; jeudi 16 juin, piano ; vendredi 17 juin, violon ;
samedi 18 juin, composition musicale ; lundi 20 juin, instru-
ments à vents ; mardi 21 juin, musique de chambre.

Le besoin d'un nouveau cabaret artistique et littéraire se
faisait vivement sentir à Montmartre. Aussi le peintre Joseph
Faverot, qui triompha l'année dernière aux Variétés avec ses
pochades instantanées, vient-il de fonder le *Cabaret de la
Butte*.

Au Théâtre-d'Application, les *Poèmes d'amour*, qui cons-
tituent le spectacle mondain par excellence et qui obtiennent
le plus vif succès, seront donnés *tous les soirs*, sauf le
lundi.

Un traité que les auteurs ont passé avec un directeur de
Londres restreint en effet le nombre des représentations.

Nous ne pouvons qu'engager nos lecteurs à aller le plus
tôt possible applaudir ces merveilleux tableaux où rayonne
la plus artistique fantaisie et le plus profond amour de la
beauté.

Le succès des redoutes de cet hiver a été tel que la direc-
tion du Casino de Paris s'est décidée à donner plusieurs
grandes fêtes de fleurs. La première, qui a eu lieu samedi
dernier, a obtenu un succès des plus mérités. On a couru de
surprises en surprises. On sait, en effet, que pour ces fêtes, le
Casino de Paris n'est resté jamais au-dessous de ses engage-
ments.

Verestchagine, le célèbre peintre russe, a été ces jours
derniers mordu à la jambe par un chien enragé. La morsure
a été aussitôt cautérisée et M. Verestchagine va venir passer
quelque temps à Paris, pour se soumettre au traitement
Pasteur.

L'Imprimeur-Gérant : Gabriel MARTIN.

Paris. — 10, Faubourg Montmartre.

PRODUITS SPÉCIAUX & RECOMMANDÉS

L.-T. PIVER

PARFUMEUR A PARIS

10, Boulevard de Strasbourg

Savon, Eau de toilette, Triple extrait, Vinaigre, Poudre de riz, Pommade, Sachet, Crème et Lotion au **Corylopsis du Japon.**

LAIT D'IRIS

Pour la fraîcheur et la beauté du teint.

Glycérine savonneuse, Eau-de-vie de Lavande ambrée.

Bouquet de l'Exposition de 1889.

Eaux de toilette à la peau d'Espagne, à l'Héliotrope, etc.

EAU MINÉRALE

FERRUGINEUSE

DE

OREZZA

Toujours employée avec succès

contre

L'Anémie, la Chlorose, les Fièvres et les Appauvrissements du sang.

Puissants Toniques Régénérateurs

ANTI-DÉPERDITEURS

PRODUITS DE

Kola-Bâh-Natton

Quintuplant la force de résistance à la fatigue. Rendant de grands services aux Voyageurs, Touristes, Chasseurs, Vélocipédistes, Gymnastes, Cavaliers, Artistes dramatiques et lyriques, etc.

ELIXIR DE KOLA-BAH-NATTON, 6 fr.; VIN, 5 fr.; EXTRAIT FLUIDE, 3 fr.; PILULES, 3 fr.; CACHETS DE POUDRE, 2 fr.; SIROP, 3 fr. 50; SACCHAROLÉ, 4 fr. 50; PASTILLES, 2 fr.; CHOCOLAT, 2 fr. 50; BISCUITS ou GALETTES, 2 francs.

Pharmacie **NATTON**, 35, rue Coquillière, Paris

Toutes les Pharmacies de France et de l'Étranger.

TOUS LES SOIRS

à la sortie des théâtres

C'EST AU RESTAURANT

MAIRE

QUE NOS JOLIES ARTISTES

ET

LES PLUS FINS GOURMETS

se donnent rendez-vous

DÉJEUNERS — DINERS

NOUVEAU PARFUM EXQUIS

DE DELETTREZ

AMARYLLIS DU JAPON

Adopté par la haute société

PARFUMERIE

5, Boulevard des Italiens, 5

PARIS

---

4 MÉDAILLES

MAISON

Ch. LUTTRINGER

35, rue de la Lune, 35

SPÉCIALITÉ

pour l'Encadrement
*des Gravures,
Dessins, Aquarelles, etc.*

PASSE-PARTOUT
Pour la Photographie
CADRES EN TOUS GENRES

PARIS

PARFUMERIE

ED. PINAUD

37, boulevard de Strasbourg

BEAUME DERMIQUE

ADOUCIT LA PEAU

PRÉVIENT

Les Engelures

En vente aux Bureaux de la REVUE

ŒUVRES

DE

Gabriel MARTIN

Les Cantiques impies, poésies, 1 vol...................... 3 fr. 50
Le Fou, poème .... épuisé.
Mnama, poème.. 0 fr. 50
Gaies Jérémiades, lamentations.......................... 0 fr. 50
Les Psaumes de la Beauté, poésies, 1 vol................. 2 fr. »

EN PRÉPARATION

Margaret, roman... 1 vol.
Les Chants fantaisistes................................... 1 vol.
Les Contes du Printemps.................................. 1 vol.

Poésies pour être dites avec accompagnement au Piano

Ch.-M. Widor : *Erato*........................... prix net. 2 fr. 50
Paul Vidal : *Vague tristesse*....................   —   1 fr. 65
Estéban Marti : *L'Abeille*.......................   —   2 fr. »
Léopold Danty : *Sensation* ....   —   1 fr. »
Francis Thomé : *Prière aux Étoiles*..............   —   2 fr. »

A PARAITRE

Marcel Legay : *Prière à la Forêt*.

TOUS LES SOIRS

à la sortie des théâtres

C'EST AU RESTAURANT

MAIRE

QUE NOS JOLIES ARTISTES

ET

LES PLUS FINS GOURMETS

se donnent rendez-vous

DÉJEUNERS — DINERS

NOUVEAU PARFUM EXQUIS

DE DELETTREZ

AMARYLLIS DU JAPON

Adopté par la haute société

PARFUMERIE

5, Boulevard des Italiens, 5

PARIS

---

4 MÉDAILLES

MAISON

Ch. LUTTRINGER

35, rue de la Lune, 35

SPÉCIALITÉ

pour l'Encadrement

des Gravures,
Dessins, Aquarelles, etc.

PASSE-PARTOUT

Pour la Photographie

CADRES EN TOUS GENRES

PARIS

PARFUMERIE

ED. PINAUD

37, boulevard de Strasbourg

BEAUME DERMIQUE

ADOUCIT LA PEAU

PRÉVIENT

Les Engelures

En vente aux Bureaux de la REVUE

ŒUVRES

DE

Gabriel MARTIN

Les Cantiques impies, poésies, 1 vol..................... 3 fr. 50
Le Fou, poème... épuisé.
Mnama, poème... 0 fr. 50
Gaies Jérémiades, lamentations........................ 0 fr. 50
Les Psaumes de la Beauté, poésies, 1 vol.............. 2 fr. »

EN PRÉPARATION

Margaret, roman....................................... 1 vol.
Les Chants fantaisistes............................... 1 vol.
Les Contes du Printemps.............................. 1 vol.

Poésies pour être dites avec accompagnement au Piano

Ch.-M. Widor : *Erato*...................... prix net. 2 fr. 50
Paul Vidal : *Vague tristesse*.................... — 1 fr. 65
Estéban Marti : *L'Abeille*..................... — 2 fr. »
Léopold Danty : *Sensation* .... — 1 fr. »
Francis Thomé : *Prière aux Étoiles*............. - 2 fr. »

A PARAITRE

Marcel Legay : *Prière à la Forêt*.

VIN DE CHASSAING

(Pepsine et Diastase)

AFFECTIONS DES VOIES DIGESTIVES, DYSPEPSIES, ETC.

POUDRE LAXATIVE
DE VICHY

Laxatif sûr, agréable, facile à prendre

Le flacon de 25 doses environ :

2 fr. 50

Paris - 6, avenue Victoria

et toutes les Pharmacies

MANÈGE
GROULS & Cie

42, rue d'Enghien, 42
PARIS

LEÇONS D'ÉQUITATION

PENSION
DRESSAGE DE CHEVAUX

Vente, Achat et Échange
DE CHEVAUX

Leçons particulières pour les jeunes enfants et les personnes délicates

---

CHEZ TOUS LES

Parfumeurs & Coiffeurs

DE FRANCE ET DE L'ÉTRANGER

LA VELOUTINE

Poudre de Riz spéciale

préparée au bismuth

Par Charles FAŸ

PARFUMEUR

9, rue de la Paix, 9

PARIS

St-LÉGER-POUGUES

EAU MINÉRALE NATURELLE

Ferrugineuse & Reconstituante

sans rivale pour les traitements

DES

DYSPEPSIES, GRAVELLES, ENTÉRITES & DIABÈTES

Station thermale de premier ordre

(4 h. de Paris, 9 h. de Lyon, ligne P.L.M.)

CASINO - SPECTACLES - CONCERTS

Luxe et Confort — Prix modérés

Pour tous renseignements sur le séjour et les eaux, s'adresser à l'Administration de la Compagnie des

Eaux de Pougues

22, Chaussée d'Antin, à Paris

16 MÉDAILLES

PHOTOGRAVURES — PHOTOGRAPHIES — PEINTURES — EMAUX
REPRODUCTION ET AGRANDISSEMENTS

REUTLINGER

21, Boulevard Montmartre, 21

PARIS

*Maison possédant la plus belle et la plus complète Collection
de Portraits des Célébrités artistiques*

— ASCENSEUR —   — TÉLÉPHONE —

Produits Hygiéniques et de Toilette

CRÈME VESPERA

Sans rivale pour embellir le teint et donner à la peau un velouté,
une souplesse incomparable. D'une conservation indéfinie et d'un
parfum exquis, la CRÈME VESPERA est bien supérieure aux crèmes et
pommades à base de glycérine. — **Le Pot : 2 fr. 50.**

POUDRE DE RIZ VESPERA (BLANCHE, ROSE, RACHEL)

Ne contenant ni bismuth ni aucun sel minéral, toujours nuisibles et
dangereux pour la santé. Cette Poudre, très adhérente, est le complément
indispensable de la CRÈME VESPERA. — **La Boîte : 3 francs.**

En Vente chez les principaux Parfumeurs

Vente en gros : **A. CARTAZ**, 2, rue Baudin (Square Montholon), Paris

---

PATE ÉPILATOIRE
DUSSER

détruit les poils follets disgracieux sur le visage
des Dames, sans aucun inconvénient pour la peau.
SÉCURITÉ. EFFICACITÉ *garanties.* — **50 ans**
de succès. — (Pour la barbe, 20 fr., demi-boîte,
spécialité pour la moustache, 10 fr. franco mandat).
Pour les bras, employer le **Pilivore.** — **DUSSER,**
1, rue Jean-Jacques-Rousseau, Paris.

VIN DE CHASSAING

(Pepsine et Diastase)

AFFECTIONS DES VOIES DIGESTIVES, DYSPEPSIES, ETC.

POUDRE LAXATIVE
DE VICHY

Laxatif sûr, agréable, facile à prendre

Le flacon de 25 doses environ :

2 fr. 50

Paris - 6, avenue Victoria

et toutes les Pharmacies

MANÈGE
GROULS & Cie

42, rue d'Enghien, 42
PARIS

LEÇONS D'ÉQUITATION
PENSION
DRESSAGE DE CHEVAUX

Vente, Achat et Échange
DE CHEVAUX

Leçons particulières pour les jeunes enfants et les personnes délicates

---

CHEZ TOUS LES

Parfumeurs & Coiffeurs

DE FRANCE ET DE L'ÉTRANGER

LA VELOUTINE

Poudre de Riz spéciale

préparée au bismuth

Par Charles FAŸ

PARFUMEUR

9, rue de la Paix, 9

PARIS

St-LÉGER-POUGUES

EAU MINÉRALE NATURELLE

Ferrugineuse & Reconstituante

sans rivale pour les traitements
DES
DYSPEPSIES, GRAVELLES, ENTÉRITES & DIABÈTES

Station thermale de premier ordre
(4 h. de Paris, 9 h. de Lyon. ligne P.L.M.)

CASINO - SPECTACLES - CONCERTS
Luxe et Confort — Prix modérés

Pour tous renseignements sur le séjour et les eaux, s'adresser à l'Administration de la Compagnie des

Eaux de Pougues
22, Chaussée d'Antin, à Paris

16 MÉDAILLES

Photogravures — Photographies — Peintures — Emaux
Reproduction et Agrandissements

REUTLINGER

21, Boulevard Montmartre, 21
PARIS

Maison possédant la plus belle et la plus complète Collection de Portraits des Célébrités artistiques

— ASCENSEUR —   — TÉLÉPHONE —

Produits Hygiéniques et de Toilette

CRÊME VESPERA

Sans rivale pour embellir le teint et donner à la peau un velouté, une souplesse incomparable. D'une conservation indéfinie et d'un parfum exquis, la Crème Vesprea est bien supérieure aux crèmes et pommades à base de glycérine qui, à la longue, irritent la peau. La Crème Vespera fait disparaître rapidement les *gerçures, crevasses, rougeurs*, etc., et est absolument inoffensive.— **Le Pot : 2 fr. 50**

POUDRE DE RIZ VESPERA (Blanche, Rose, Rachel)

Ne contenant ni bismuth ni aucun sel minéral, toujours nuisibles et dangereux pour la santé. Cette Poudre, très adhérente, est le complément indispensable de la Crème Vespera. La chaleur la plus intense, les froids les plus rigoureux n'altèrent en rien ni la qualité ni le parfum de la Poudre Vespera. — **La Boîte : 3 fr.**

En Vente chez les principaux Pharmaciens

Vente en gros : A. CARTAZ, 2, rue Baudin (Square Montholon), Paris

www.ingramcontent.com/pod-product-compliance
Lightning Source LLC
LaVergne TN
LVHW080221200726
843510LV00006B/1029